그린 힐 언덕 위에

그린 힐 언덕 위에

1판 1쇄 발행 2024년 1월 20일

지은이   박유니스
발행인   이선우
펴낸곳   도서출판 선우미디어
            등록 | 1997. 8. 7 제305-2014-000020
            02643 서울시 동대문구 장한로 12길 40, 101동 203호
            ☎ 2272-3351, 3352 팩스: 2272-5540
            sunwoome@daum.net
            Printed in Korea ⓒ 2024. 박유니스

15,000원

ISBN 978-89-5658-752-3 03810

그린 힐 언덕 위에
Over the Green Hills

박유니스 수필집
Essays by Eunice Park

선우미디어 sunwoomedia

책머리에

팬데믹 동안 6피트 거리로 세상과 격리되었다.

봄꽃이 들판을 덮어도 붉은 가을 산이 손짓해도 다가가지 못했다. 누구를 향하고 있는지도 모를 잘 별러진 칼끝을 피해 빈집에 스스로를 가두었다. 할 일이 없는 나는 하루 종일 글과 놀았다.

밖의 세상과 단절되며 역으로 밖의 세상을 유심히 살피고 있는 나를 발견했다.

내 안으로 침잠하던 사유에서 밖으로 시선을 돌리자 거기 무궁무진한 이야기가 나의 붓끝에 걸렸다. 나 아닌 타인의 삶이 시야에 들어왔고 여러 사회적인 문제도 내 인식의 세계 속으로 뛰어들었다.

첫 수필집 ≪버지니아에서 온 편지≫를 펴낸 지 꼭 십 년 만이다. 다시 독자를 만날 생각에 가슴이 설렌다. 긴 기다림과 그리움을 섞어 글을 지었다.

창밖을 떠도는 흰 구름과 긴 밤의 안개를 버무려 서사를 엮었다. 빛바랜 추억의 부스러기들을 모아 새롭게 채색하고 무뎌진 감성을 벼루고 사유의 광맥을 디그인했다.

늘 내게 힘이 되어주는 아들 Andrew, 글의 영역(英譯)을 도와준 사위 Allen과 Karen 내외 고맙다. 예쁜 작품집을 정성껏 엮어 주신 선우미디어 이선우 대표님께 감사의 마음을 전한다.

2024년 새해를 맞이하며
박유니스

차례

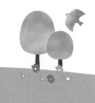

저자와 남편 박병기 씨(2001년 파리에서)

1 : 말할 때와 침묵할 때

강경 가는 길

톨게이트를 빠져나와 경부고속도로를 남쪽으로 달리다 강경 쪽으로 가는 국도로 접어들었다.

한국을 방문했던 어느 해 주말, 남편과 차를 몰아 이제는 초로의 부인이 되었을 양순이를 찾아 나섰다. 가을걷이가 끝난 국도 양편의 논들은 누르스름하게 누워 파릇하던 전성기를 반추하고 있었다. 논산 읍내에서 양순이 외삼촌이 제법 큰 정미소를 운영했다는 얘기가 생각나서 나선 길이다.

광복 이듬해에 우리 집은 내가 태어난 계동 집에서 장충단 공원 부근의 쌍림동으로 이사했다. 계동 집을 지인에게 맡기고 급히 쌍림동의 적산 가옥으로 이사한 이유는 그때가 한창 이북에서 아버지의 친척들이 월남하던 시기여서 그들을 위한 넓은 집이 필요했던 것이 아니었을까로 짐작한다.

쌍림동 집 이층에는 아버지의 당숙과 사촌 동생 가족이 살았는데 끊임없이 찾아오는 친인척들, 하루가 멀다고 벌어지는 여러 집 아이들의 싸움으로 집안은 조용할 날이 없었다.

양순이는 나보다 네 살 많았다. 어느 날 누군가가 우리 집에 데려다 놓았다고 했다. 양순이의 등엔 늘 막냇동생이 업혀 있었다. 어쩌다 동생을 내려놓을 때면 우리는 소란한 집을 피해 잽싸게 장충단 공원으로 놀러 나갔다.

어느 여름날 양순이와 장충단 공원에 또 갔다. 사방에 여름꽃들이 지천으로 피어 있었다. 양순이가 한 아름 따서 내 품에 안겨주었다. 바위에 앉아서 물장구를 치다가 졸음이 왔다.

"잠들면 코쟁이가 업어 간다."

양순이가 겁을 줬다. 두 눈을 부릅뜨고 자지 않으려고 버텼지만, 다시 잠이 들었다. 양순이가 갑자기 소리쳤다.

"어머, 저 봉숭아꽃 좀 봐. 저거 따다가 손톱에 물들여 줄게."

업었던 나를 길에 내려놓고 그 집에 들어가서 봉숭아꽃을 따기 시작했다. 봉숭아꽃을 따느라 열중하느라 우리를 지켜보고 있는 시선도, 우리 뒤를 살금살금 따라오는 여자의 그림자도 알아채지 못했다.

우리 집에 도착해서 대문으로 들어섰는데 그 여자도 씽하니 집안으로 들어섰다. 마침 어머니가 계셨는데 우리가 자기네 화단의 꽃을 다 도둑질했다며 난리를 쳤다. 그녀의 말에 어머니는 이성을 잃은 사람처럼 싸리비로 나와 양순이를 후려치기 시작했다. 그 와중에도 양순이가 나를 덜 맞게 하려고 계속 제 몸으로 나를 감싸던 기억이 잊히지 않는다.

그날 밤, 아버지와 어머니는 낮의 그 일로 다투셨다. 내 얘기인 줄 알고 귀를 쫑긋 세웠는데 의외로 포커스가 양순이에게 맞춰져 있었다. 그애에게 그렇게 심하게 할 필요가 있었느냐는 노기를 애써 누른 아버지의 음성이 들렸다. 하긴 나도 평소의 어머니답지 않게 양순이를 내려치는 손길에서 미움의 그림자를 보았었다. 그리고 얼마 후 양순이는 강경 집으로 보내졌다. 나는 양순이가 보고 싶어서 밤마다 이불을 뒤집어쓰고 울었다.

동란이 나기 전에 논산에 우리 논도 꽤 있었다고 한다. 비옥한 논산 평야 덕에 이 고장에는 정미소가 많았다고 했다. 양순이 외삼촌네는 읍내에서도 이름난 큰 정미소를 하고 있었다는데 흔적조차 찾을 수 없었다.

읍내를 한 바퀴 도는 동안 늦가을 해는 서편으로 넘어가고 있었다. 논산 쪽으로 돌아 나오다가 도로변에 있는 정미소 하나를 발견했다. 쇠락한 초라한 건물이었는데 뜻밖에도 안에서는 방아 벨트가 돌아가고 있었다. 70대 후반으로 보이는 주인이 이웃에 살던 양순이를 기억하고 있었다. 전쟁이 끝나고 양순이가 중장비기사에게 시집갔는데 첫아이를 낳고는 세상을 떴다고 했다.

발길을 돌려나오는데 "난리 나기 전엔 가끔 서울서 키 큰 신사 양반
이 찾아오셨었지요."라는 정미소 주인의 말이 내 귀를 때렸다.

'그분이 혹시 아버지가 아니었을까?'

'양순이의 어머니는 정말 아버지의 여인이었을까?'

어두워진 고속도로를 서울을 향해 달렸다. 중절모를 멋지게 쓰신 아
버지의 모습이 떠올랐다.

드바 안녕

드바가 죽었다. 아침에 양순이가 달걀을 꺼내러 닭장에 들어갔더니 날이 훤히 밝았는데도 드바가 횃대에 꼼짝하지 않고 앉아 있었다. 싸한 느낌이 들어 애, 하며 툭 쳤더니 풀썩 바닥으로 떨어졌다고 한다.

새벽에 살찌니가 안절부절못하며 온 뜰을 헤집고 다닐 때부터 지난밤에 뭔가 심상치 않은 일이 일어난 기미가 있었다. 며칠 전에 망 안에 가둬 두었던 병아리 세 마리가 한꺼번에 없어졌다. 동네에 돌아다니는 길냥이들 소행이 분명한데 동촌 댁은 애꿎은 살찌니를 잡았다.

"시끄럽다, 이 노무 고양이. 지키라는 병아리는 안 지키고."

그날 싸리비로 흠씬 두들겨 맞은 살찌니는 무척 억울해 보였다. 제아무리 홈그라운드 어드밴티지를 가진 살찌니도 1대 3의 대결은 무리였던 것이다. 눈치가 9단인 살찌니는 이번 드바의 일도 혹시 자기에게 혐의가 오지 않을까 야옹거리며 전전긍긍했다.

"시끄럽다, 이 노무 가시나. 잡으라는 쥐는 안 잡고."

살찌니는 그날도 동춘 댁에게 싸리비로 얻어맞았다.

"아무리 닭대가리라고 하기로서니 이렇게 멍청할 수가."

밤사이 잠든 닭 내장을 쥐들이 다 파먹어 버리는 일이 종종 있어서 어른들은 이번 일도 그런가 하셨지만 나는 알았다. 드바가 죽은 것은 아진이의 시샘 때문이라는 것을. 러시아어를 즐겨 쓰시던 아버지는 암 닭들에게 아진(하나), 드바(둘), 뜨리(셋) 등으로 번호를 매겨 관리했다.

우리 뒤뜰의 우두머리 수탉 호러쇼는 열 닭마다 하지 않는 카사노바였다. 그래서 만사가 좋다는 의미인 호러쇼라는 별명은 녀석에게 어울렸다. 원래 호러쇼의 첫사랑은 아진이었는데 언제부턴가 녀석은 드바에게 공을 들였다.

성질이 난 아진이는 날마다 드바를 쪼아대며 못살게 굴었다. 견디다 못한 드바가 하루는 꽤 높은 우리 담장을 넘어 옆집 뜰로 피신한 적도 있었다. 닭들도 위기 상황에선 새처럼 날 수 있다는 것을 그때 알았다. 저녁에 닭국이 올라왔지만 나는 밥상 앞에 앉지도 않았다. 나는 드바를 먹을 수 없었다.

드바는 태어날 때부터 다른 닭들과 조금 달랐다. 모두 다 몸통과 부리가 샛노랬는데 드바 만은 부리와 가슴 쪽만 노랗고 등 쪽은 희끄무레해서 눈에 띄었다. 비실비실해서 닭 노릇이나 제대로 할까 싶었다.

중닭으로 자라며 드바는 다른 아이들에 비해 몸이 작았고 모이도 재빨리 주워 먹지 못하고 늘 몸집이 큰 아이들에게 치였다. 드바가 안쓰러웠다. 지렁이를 잡다 모여드는 아이들을 제치고 드바에게만 주었다. 얼마 지나지 않아 애들은 내가 '구구구'해도 들은 척도 하지 않게 되었고 드바만 잽싸게 내 곁으로 와서 지렁이를 받아먹었다. 그 무렵이었다. 머리 나쁜 닭대가리라는 말에 내가 동의하지 않게 된 것이.

지렁이는 드바가 제일 좋아하는 별식이었다. 먹을 때마다 행복해서 어쩔 줄을 몰랐다. 녀석은 다 자란 후에도 내가 뒤뜰에 나서기만 하면 어디선가 뒤뚱뒤뚱 달려와서 자근자근 내 신코를 쪼았다.

가족 중 누구 생일이나 되어야 밥상에 오르던 닭국이 무슨 일인지 매일 저녁 식탁에 올라왔다. 두 마리가 한꺼번에 오르는 날도 있었다. 아침저녁으로 날씨가 쌀쌀해지면서 뒤숭숭한 소문이 돌기 시작했고 아버지, 어머니의 안색은 점점 더 어두워졌다. 밤이면 멀리서 바람에 실려 대포 소리가 쿵쿵 들려왔다.

계사 식구들이 모두 없어진 며칠 뒤에 우리는 피란 길에 올랐다. 양순이는 진작에 강경 집으로 내려갔고 동촌 댁은 대구까지만 우리와 함께 간다고 했다. 집을 떠나던 날, 텅 빈 닭장 쪽을 자꾸 돌아봤다. 그 안에 드바가 쪼그려 앉아 있는 것만 같았다. 남쪽으로 가는 기차를 타기 위해 서울역으로 향했다. 길엔 군데군데 살얼음이 깔려있었다. 대포 소리가 점점 가깝게 들려왔다.

서울이여 안녕. 드바 안녕. 내 유년이여 안녕.

몽생미셸

아침 일찍 파리 서부 몽파르나스 역에서 렌(Rennes)으로 가는 TGV를 탔다. 몽파르나스 역은 파리 중심에 있는 북역과 크기는 비슷한데 그곳만큼 복잡하지 않아서 방송 소리를 잘 들을 수 있었다. 파리 서쪽 도시들로 가는 떼제베는 모두 이 역에서 출발하기 때문에 안내 방송을 잘 들어야 한다.

오늘 목적지는 몽생미셸이지만 파리에서 렌까지 가는 프랑스의 북서부 지방은 한 번도 여행한 적이 없어서 기대가 크다. 새벽부터 서두르느라 몹시 피곤했던 동생은 기차가 출발하자 곧 졸기 시작한다. 안개가 걷히며 연도에 농촌 풍경이 스친다. 넓고 푸른 초원에 양 떼들이 한가하게 풀을 뜯고 있는 풍경이 끝없이 펼쳐진다. 멀리 구릉 위에 그림 같은 집들이 동네를 이루고 있는 아스라한 모습은 마치 오래전에 떠나 온 고향을 마주한 느낌이다.

두 시간 가까이 달려 기차는 렌에 도착했다. 운 좋게 시간이 꼭 맞아 떨어져 곧장 몽생미셸행 버스를 탈 수 있었다. 차는 이번엔 북쪽으로 방향을 틀어 노르망디 해안을 향해 달린다. 한 시간 조금 넘게 달렸는 가 싶었는데 눈앞에 불쑥 몽생미셸의 위용이 나타났다. 바다 한가운데 에 떠 있는 신비한 천년의 수도원. 프랑스의 문호 빅토르 위고가 "사막 에 피라미드가 있다면 바다에는 몽생미셸이 있다."라고 찬탄한 곳이 다.

노르망디 해안에서 1km 떨어진 조그만 바위섬인 몽생미셸은 만조 가 되면 사방이 바다에 둘러싸인 섬이 된다. 바닷물이 빠지면 모래 위 를 걸어서 섬으로 들어갈 수 있다. 이 바위섬에 서기 708년, 아브랑슈 의 주교 오베르가 수도원을 세우고 대천사 미카엘에게 봉헌했다고 한 다. 성당의 첨탑에는 미카엘 천사상이 조각되어 있다. 갯벌 위에 걸린 다리를 걸어서 건너 섬에 들어섰다.

섬은 중세의 모습을 그대로 간직하고 있었다. 왕의 문을 지나 맨 위 의 수도원으로 가는 길은 미로 같은 골목으로 이어진다. 양옆으로 11세 기에 형성되었다고 하는 상가와 식당과 주택들이 자리 잡고 있다. 중 세의 돌길에서 아이러니하게 현대 사람들이 만든 상품이 판매되고 있 었다. 고색창연한 중세의 건물에서는 천년의 향기 대신 지극히 현실적 이고 사실적인 음식을 조리하는 냄새가 풍겨 나온다. 중세와 현대가 어우러진 곳, 시간과 공간이 공존하는 거리. 태고로부터 이어져 온 인간 삶의 긴 고리 어느 시점에 어떤 의미로 나는 지금 서 있는 것일까.

초기 수도사들과 순례자들을 위한 간편식으로 이곳에서 처음 만들기 시작했다는 명물 오믈렛과 크레페로 늦은 점심을 먹었다. 저녁에 동생과 호텔에서 마시려고 드미 부떼이유(demi bouteille-반병 짜리 포도주)를 한 병 샀다. 이 지방이 주산지인 보르도산 적포도주로 골랐다. 병 생김새가 작고 앙증맞아서 빈 병은 짐 속에 꾸려가기로 했다.

호텔 방에 짐을 풀고 바다 쪽의 창문을 열다가 창턱 바로 아래에 무덤 하나가 있어서 무척 놀랐다. 모래에 반쯤 파묻힌 비석을 훑어보고 한 번 더 놀랐다. 무덤의 주인은 세상을 떠난 지 거의 백 년이 됐기 때문이다. 이곳의 오래된 무덤들은 유해는 없고 이제는 비석만 남아 있다고 한다. 짧은 향년을 끝으로 이곳에 갇혀 모래가 된 젊은 넋이 안쓰럽다. 어쩌면 그는 넓은 바다를 건너 바람처럼 물결처럼 항해하고 싶었을지도 모른다.

호텔을 나왔다. 섬의 상층부로 향하는 좁은 돌계단을 걸어 올라갔다. 오랫동안 내 여행 리스트에 있던 노르망디 해안이 발아래 꿈결처럼 펼쳐진다. 2차대전 당시 노르망디 상륙작전이 있었던 유타 비치가 멀지 않은 곳에 있다. 상륙전 첫날 하루에만 만 명이 넘는 연합군이 목숨을 바친 바다는 지금은 망망대해로 푸르게 물결치고 있을 뿐, 전쟁의 흔적은 찾을 수 없다.

곳곳에 탑을 세우고 방어용 벽을 쌓아 전략상 훌륭한 요새 역할을

했던 이 섬은 백년전쟁(1337~1453) 시기에도 적에게 빼앗긴 적이 한 번도 없다고 한다. 백년전쟁은 영국의 에드워드 3세와 프랑스의 필립 6세 때 영토와 왕위 계승 문제로 시작된 전쟁이다. 영불해협을 피로 물들이며 5대 116년간 간헐적으로 치러진 전쟁의 끝 무렵에 신의 계시를 듣고 잔 다르크가 나타나 프랑스를 구한다.

섬의 곳곳에 잔 다르크의 동상이 여럿 세워져 있다. 한결같이 남장을 하고 창과 방패를 든 씩씩한 모습이다. 그것은 프랑스 국민이 기억하고 싶은 잔 다르크의 모습일 것이다. 그 너머로 남성들의 전쟁에서 그 벽을 넘지 못하고 프랑스군에 의해 영국 측에 넘겨져 끝내는 화형의 불꽃으로 스러져 간 한 여인이 떠 오른다. 먼 나라와 손잡고 가까운 나라를 공략한다는 원교근공(遠交近攻) 정책은 지구상에 국가라는 체제가 존재하는 한 결코 사라지지 않을 것이라는 생각에 마음이 무겁다.

그새 해가 지고 바다는 섬으로 가까이 다가온다. 아름다운 노을이 바람을 타고 일렁이며 수채화가 되어 밀려온다. 일일 관광객들은 썰물처럼 뭍으로 빠져나갔고 아침에 멀리 나갔던 바다는 수런거리며 일몰 후의 잠자리를 향해 귀가를 서두른다.

이제 바다는 천만 가지로 출렁이며 내 안에 파문을 일으킨다. 물결이 되어 바람이 되어 이곳에 계속 머물고 싶다.

말할 때와 침묵할 때

20세기가 얼마 남지 않은 1898년 1월 13일, 프랑스의 작가 에밀 졸라는 파리의 로로르(L'Aurore)지에 '자큐즈(나는 고발한다)'를 발표했다. 대통령에게 보내는 공개 탄원서 형식의 이 글은 발표되자마자 프랑스 조야와 유럽 사회에 큰 파문을 몰고 왔다.

이 무렵 보불 전쟁에서의 패배로 알자스-로렌 지방을 독일에 빼앗긴 프랑스 사회는 독일에 대한 적대감이 극에 달했다. 알자스 출신인 유대인 육군 대위 알프레드 드레퓌스는 고향을 자주 방문한다는 등 독일을 위한 간첩 행위를 했다는 터무니없는 누명을 쓰고 군법회의에 회부되었다. 1894년, 그는 군적을 발탁당하고 프랑스령 기니의 '악마의 섬'에 종신 유배되었다. 프랑스 국방성과 사법부와 로마 가톨릭교회가 합작한 횡포였다.

자큐즈에서 졸라는 "제 의무는 말을 하는 것입니다"라고 외치며 유려한 문장과 날카로운 필치로 드레퓌스의 억울함과 재판 과정의 부당한 점들을 부각해서 인류 양심 사에 빛나는 지성과 이성과 용기 있는 지식인의 면모를 남김없이 보여주었다. 클로드 모네, 아나톨 프랑스 등의 진보 세력 문인들이 졸라를 변호했지만 졸라는 이 일로 레지옹 도뇌르 훈장을 박탈당하고 일 년의 징역과 3,000프랑의 벌금형을 받게 되자 영국으로 피신했다.

당초 졸라는 '자큐즈'를 좀 더 권위 있는 일간지에 발표하려고 했지만 모두 거절해서 이름 없던 로로르지에 기고하게 되었다. 당시 3만 부를 발행하던 로로르지가 1월 13일엔 30만 부를 발행했다고 한다. 졸라의 글을 알아보아 일약 유명해진 로로르지의 발행인 클레망소는 정계에 진출해서 훗날 프랑스 총리의 자리에 오르게 된다. 졸라는 1908년 복권되어 그의 유해는 빅토르 위고, 볼테르 등과 함께 파리의 팡테옹에 묻히게 되고 박탈되었던 레지옹 도뇌르 훈장도 돌려받았다.

"적에게 국경을 열어 독일 황제를 노트르담 성당까지 안내한 반역자라고 해도 이보다 더 쉬쉬하며 재판을 받지는 않을 것"이라고 드레퓌스 재판의 공정하지 못했던 점을 지적한 표현에서 보듯, 원고지 80장의 이 글은 예민한 사회적 이슈와 정치적, 법적 비리를 고발한 글 임에도 대문호의 글답게 문학적으로도 빛나는 명문이다.

내셔널리즘과 반유대주의가 팽배했던 광기의 프랑스 제3공화국, 그 사회를 12년 동안이나 좌우 대결의 소용돌이로 몰아넣었던 이 사건은 마침내 드레퓌스에 대한 무죄 판결로 막을 내리게 되고 이후 프랑스 사회에 "행동하지 않는 양심은 양심이 아니다"라는 지적 전통이 생기게 된다. 이런 맥락에서 후일 사르트르도 "지식인이란 자기에게 전혀 도움이 되지 않는 사안에도 간섭해야 하는 사람"이라고 말했던 것이리라.

이목구비(耳目口鼻)라는 사자성어를 보면 이, 목, 비 세 글자는 모두 가로로 빗장이 걸려 있는데 유독 입구(口)자 만은 활짝 열려있다. 귀와 눈과 코보다 말하는 입은 더욱 열려있어야 하고 따라서 그 책임도 무겁다고 생각한다.

행동하고 말하기에도 짧은 새로운 365일이 우리 곁에 조용히 다가와 있다.

진심이 담긴 배려

지난 4월에 있었던 아카데미 시상식에 올해의 남우주연상 후보인 월 스미스가 부인과 함께 자리하고 있었다. 사회를 보던 크리스 록은 탈모증으로 머리를 밀어 버린 스미스의 부인을 향해 '지아이 제인' 2편을 보고 싶다며 농담의 소재로 삼았다. 순간 격분한 스미스는 단상으로 뛰어 올라가 록의 뺨을 때렸다.

록이 스미스에게 사과했다는 소식은 들려오지 않았고 여론은 스미스에게 불리하게 흘렀다. 원인 제공자에게 일차적인 책임을 물어야 하는 것이 맞다는 생각이었는데 상처를 후빈 설봉(舌鋒)은 날이 지나면서 무뎌지는 느낌이었고 검봉(劍鋒)을 휘두른 쪽에 비난의 추가 기우는 것을 보며 장애인의 천국이라는 미국을 이해하기 어려웠다.

낙동강 600리가 유유히 흐르다 바다로 흘러 들어가기 직전 허리를 살짝 틀어 물길을 낸 남도의 소도시에서 초등학생 시절의 끝자락을 보냈다. 오래 끌던 휴전협정이 조인되어서 마침내 전장에 포성은 멈췄지만, 포연은 여전히 자욱한 피란지의 샛강에서 다슬기를 줍고 물장구를 치며 해가 저물도록 놀았다. 서울로의 환도 소식은 까마득했지만 그런 일은 아무래도 좋았고 하루하루가 즐겁기만 했는데 그토록 근심 걱정 없는 우리에게도 학교에 가면 명심해야 하는 일이 있었다.

그 당시에는 한 학급에 장애아가 한 명쯤은 있었는데 우리 반엔 두 명의 여학생 장애아가 있었다. 한 친구는 한쪽 다리가 많이 휘어서 걸음걸이가 불편했고, 다른 친구는 한쪽 눈의 모습이 정상적이지 않았다. 이 아이들을 놀리면 담임선생님에게 남자아이들은 막대로 엉덩이를 세 대씩 맞았고 여학생들은 눈물이 쏙 빠지게 회초리로 손바닥을 맞았다.

10대 초반의 철부지들이 장애인에 대한 배려심을 무늬만이라도 갖추는 것도 쉽지 않은 일이었다. 의식의 밑바닥에 이미 장애인은 하자 있는 존재라는 인식이 깔려있었다. 자녀의 혼사를 앞둔 집안에서는 장애 형제자매를 숨기기에 급급했고 식구들에게 철저히 입단속을 시켰다. 우리에겐 그저 집안의 수치요 동네의 놀림감이었지만, 천막 교실 바닥에 책걸상 대신 가마니가 깔린 엉성한 학교에서도 담임선생님의 규율과 장애인에 대한 배려는 엄하기 그지없었다.

어느덧 우리는 선생님을 따라 장애아에게 위장된 배려를 베풀기 시작했다. 누가 장애아 친구를 조롱이라도 하면 떼를 지어 그를 규탄하고 온 반이 나서서 장애 친구 편을 들었다. 그렇게 집단 위선이 모르는 새에 쌓여가던 무렵, 반에서 일이 터졌다. 다름 아닌 장애아 두 친구 사이에 싸움이 벌어진 것이다. 한 명이 눈을 놀렸고 다른 애는 불편한 다리를 조롱했다는데 학교가 떠나가라 울어대는 두 친구를 붙들고 일의 발단과 시시비비를 가릴 수 있는 사람은 담임을 포함해 아무도 없었다. 두 친구는 일주일이 넘도록 결석했고 두 집 부모만 번갈아 학교에 다녀갔다.

온 반이 패닉에 빠졌다. 어느 쪽이건 가담해서 편을 들어야 하는데 어느 편을 들지 몰라 혼란스러웠고 채 여물지 못한 위선은 방향을 잃었다. 어수선하게 며칠이 지난 어느 날 드디어 일의 실마리가 풀렸다. 험한 말을 누가 먼저 내뱉었는지는 여전히 밝혀지지 않았지만, 폭력을 쓴 쪽이 밝혀진 것이다. 눈이 불편한 친구가 다리가 불편한 친구를 먼저 밀쳐서 쓰러뜨렸다는 것이다. 마침내 우리는 가담할 편을 결정할 수 있었고 비난할 대상이 정해진 것에 안도했다.

시상식 폭행 사건을 일으킨 윌 스미스에게 10년간 시상식 참석을 금지하기로 했다는 아카데미의 처사가 가혹하다고 생각하다가 문득 예전의 일이 떠올랐다. 그때의 철없던 우리도 비수로 찌른 것에 못잖은 양편의 설봉은 슬그머니 잊어버리고 검봉을 휘두른 쪽에 곱지 않은 시선을 던지지 않았던가. 우리가 쏘아 올린 비난의 화살을 맞고 학교를 떠난 친구가 생각난다.

장애는 장애로 인한 불편함보다 장애 때문에 받는 차별이 더 큰 문제다. 장애인이기 때문에 차별받는 것이 아니라 차별받기 때문에 장애인이 되어 간다고도 한다. 비장애인의 장애인에 대한 편견과 인식이 바뀌어야 장애인에 관한 문제가 해결된다는 생각이다.

용두사미의 변

다도해가 아스라이 보이는 수정산 기슭에 높직이 자리 잡은 교사, 거기 2학년 교실에서 그날 우리는 무슨 궤적인가를 구하느라 머리를 쥐어짜고 있었다. 기하 시간은 우리에게 인기가 없었지만, 담임선생님 과목이라 책상에 엎드려 졸기만 할 수도 없었다. 여름 방학이 얼마 남지 않은 7월의 창밖으로는 한낮의 뜨거운 아지랑이가 모락모락 피어오르고 있었다.

끙끙대는 우리가 딱했던지 일찌감치 문제를 다 푼 반장이 정적을 깨고, "선생님, 육갑 좀 해보세요." 했다. 반장은 수학 천재로 담임선생님의 수제자이지만 선생님에게 육갑이라니! 이 일이 무사히 넘어가려나. 그런데 선생님은 돌아서서 칠판에 한자로 된 긴 문장을 쓰기 시작했다. '자축인묘진사오미신유술해'와 '갑을병정무기경신임계'를 쓰고 난 후 풀이하기 시작했다. 처음 듣는 설명이었고 지금껏 본 적이 없는 글자들이었다. 이토록 심오한 세계를 여태 몰랐다니. 충격이었다.

집에 돌아가자마자 어머니에게 나는 무슨 띠냐고 물었는데 대답을 들고 그날 두 번째로 충격을 받았다. 그림으로만 봐도 징그러운 뱀이 하필이면 내 띠라니. 어머니에게 띠를 바꿔 달라고 떼를 썼다. 어머니는 그건 태어날 때 이미 정해져서 바꿀 수 없으며 이제 띠 같은 건 아무도 중요하게 생각하지 않으니 그만 잊어버리라고 했다. 그 후로 될 수 있는 한 띠에 관한 화제는 피했고 모르쇠로 일관했다. 그렇게 내 인생에 끼어들 일은 없으리라 여겼던 띠 문제가 중요한 고비에서 불거졌다.

결혼을 약속한 우리는 서울 양가에 두 사람의 신상정보를 보냈는데 그의 집에서 이 결혼 허락할 수 없다는 회답이 왔다. 그와 궁합이 안 맞는다는 것이다. 게다가 내가 겨울 출생이라 동면하는 뱀띠여서 좋지 않다고 했다. 신체 건강한 대한민국 여성에게 고리타분한 궁합으로 태클을 걸다니. 여름 방학을 이용해서 결혼식을 올리려던 우리 계획은 자연히 연기되었다.

개학은 다가오고 초조한 나날을 보내던 중 반가운 소식이 전해졌다. 시댁에서 우리 결혼을 드디어 허락하셨다고 했다. 내가 용띠로 바뀌어서 남편과 궁합이 아주 좋다는 소식이었다. 내 생일을 계산해 보니 2, 3일 차이로 음력으로 용띠가 된다는 것이다. 용띠 아들을 기대하며 나를 가졌을 때 몸에 좋다는 것은 뭐든 구해 드셨고 용이 여의주를 물고 하늘로 오르더라는 진위를 알 수 없는 어머니의 태몽까지 동원되어서 우리 결혼은 일사천리로 진행되었다.

남편은 내가 이무기가 될 뻔했는데 아슬아슬하게 승천한 억세게 운 좋은 용두사미(龍頭蛇尾)라고 놀리곤 했다. 그래서였을까, 내 삶은 용두사미를 많이 닮았다. 나는 헬스클럽 멤버십을 끝까지 이용해 본 적이 한 번도 없다. 수영은 배우다가 그만뒀고 정구도 새벽부터 레슨받으며 부산을 떨다가 중간에 포기했다. 피아노도 라틴어도 모두 중도하차했다. 다만 한 가지 골프는 핸디 14가 되도록 계속했고 학교를 중퇴한 적이 없고 결혼 생활도 중간에 파탄 내지 않았으니 그나마 위안으로 삼아야 하려나.

십간십이지에서 개띠와는 특별한 인연이 있다. 내가 가장 사랑하는 네 사람, 어머니와 딸과 두 손자가 모두 개띠다. 경술국치가 있던 1910년(경술년)에 어머니가 출생하셨고 그 후 60년이 지나 다시 돌아온 경술년(1970)에 내 딸이 태어났다. 36년이 더 흐른 2006년(병술년)에 두 손자가 세상에 고고성을 울렸다. 친손자가 그해 10월 14일에 출생했는데 예정일이 아직 석 달이나 남은 외손자가 보름 뒤 10월 28일에 잇달아 태어났다. LA에서 첫 손자와 느긋이 친분을 쌓아가고 있다가 딸의 조산 소식을 듣고 서둘러 버지니아로 날아갔다.

3파운드로 태어난 외손자는 생명줄을 여러 개 몸에 달고 인큐베이터 안에 놓여 있었다. 투실한 친손자의 무게에 익숙했던 내 두 팔은 아무것도 안지 않았음에도 무겁게 내려앉았다. 니큐에 아가를 남겨 두고 저녁마다 떨어지지 않는 발걸음으로 딸네와 집으로 돌아가는 길 양옆에는 무심한 버지니아의 단풍나무잎들이 나날이 아름답게 붉어지고 있었다.

그해 크리스마스가 가까울 무렵, 손자는 나뭇잎이 모두 떨어져 낙엽이 수북이 쌓인 길을 달려 집으로 왔다. 한겨울과 봄이 지나는 동안 손자는 무럭무럭 자랐다. 몸을 뒤집고 머리를 들고 기었고, 그리고 드디어 두 발로 섰다.

그렇게 기를 쓰고 개띠 대열에 합류한 녀석은 저보다 2주 먼저 태어난 같은 개띠 사촌과 지금 절친이다. 9학년인 손자들은 키도 훤칠하고 운동도 잘한다. 올림픽 1/2 크기인 우리 단지 안 수영장을 거뜬히 왕복한다. 녀석들이 물장구를 치며 법석을 떨면 6·25 때 난리는 난리도 아닌데 처음엔 눈총을 주던 백인들은, 아이들이 멋진 크롤로 물살을 한 번 가르고 나면 만면에 미소가 번지고 내게도 친근한 시선을 보낸다. 제 부모들이 들인 시간과 수영 레슨비에 1도 보탠 것 없지만 나는 어느 틈에 그들의 시선을 즐기고 있다.

구름을 뚫고 오르려던 하늘은 아득히 멀어졌다. 날아오를 기백도 기운도 이제는 없다. 가까이에서 늘 곁을 지켜주는 개띠들에 둘러싸여 여전히 용두사미로 산다. 한 가지 놓지 않고 있는 것은 글쓰기다.

글을 쓰며 빛바랜 추억의 부스러기들을 모아 새롭게 채색한다. 무뎌진 감성에 잔잔한 자극을 덧입히고 메말라가는 사유의 광맥을 디그인한다. 글을 구상하며 내 삶의 물가를 오늘도 천천히 거닌다.

어떤 헌신

교회 뜰에 아침 햇살이 눈 부시다.

주차장에 장애인 차가 보인다. H 집사댁 차다. 제3국에서 선교 활동을 하는 H 집사님은 몇 달에 한 번씩 귀국한다. 부인은 여러 자녀와 장애가 있는 두 따님을 돌보느라 평소에는 교회에 자주 출석하지 못한다. H 집사가 선교지에서 잠시 귀국하면 온 가족이 함께 교회에 나온다.

교회 안으로 들어서니 H 집사의 부인이 입구 가까운 쪽 복도에 두 딸의 장애인 휠체어 사이에 서 있다가 반갑게 인사를 건넨다. 예배가 시작되었다. 눈으로 H 집사를 찾았다. 가족과 멀리 떨어진 앞쪽에 자리 잡고 있는 모습이 마치 가족과는 아무 관계도 없는 듯이 보인다. 오래 집을 비운 아빠가 오늘만이라도 힘든 삶을 이어가는 두 따님의 손을 잡고 예배드리는 모습을 보고 싶었다.

신앙의 불모지인 제3국에서 H 집사가 전파하는 하나님의 말씀이 귀한 열매를 맺으리라는 것을 알고 있다. 그 고생과 수고와 눈물은 하나님이 무엇보다 기뻐하시는 일이고 아무나 할 수 없는 일이다. 그러나 각자의 형편에 따라 내 가까이에서 하나님의 나라를 전하는 일도 그에 못잖은 귀한 일임에 틀림 없지 싶다.

H 집사가 언제 소명을 받았는지 선교 활동을 하게 된 동기와 저간의 사정을 나는 잘 모른다. 그토록 귀한 일을 그에게 맡김에는 하나님의 큰 뜻이 있을 것이다. 그러나 가장이 먼 이국땅에서 하나님의 일을 하는 동안 가족의 고초와 부인의 고생은 이루 말할 수가 없다. 그 댁 두 따님은 휠체어에 얼굴이 고정되어 옆으로 돌리지도 못하는 중증 지체 장애인이다. 나머지 건강한 자녀들의 양육도 오로지 부인 몫이다.

하나님의 나라는 먼 곳에 가서 전해야 더 값어치 있는 일일까. 가정도 하나님께서 주셨으니 가장의 일도 중요한 의무가 아닌가. 수신제가 치국평천하(修身齊家治國平天下)는 동서고금 인간 삶의 근간이 된 가치가 아니었던가.

미국은 장애인을 위한 여러 시설이 잘되어 있어 도움을 받을 수 있는 나라다. 노인에 대한 복지도 여타 국가가 흉내조차 내기 어려운 수준이다. 그러나 그렇듯 엄청난 혜택은 자손이 없거나 부모를 봉양할 의사가 없는 자식을 둔 노인의 경우에 한해야 하지 않을까. 장애인도 예외가 아니다. 부모로서 장애를 가진 자녀를 국가에 전적으로 맡기는 것은 부모의 도리도 아니고 국가에 대한 예의도 아니라는 생각이다.

바리새인들이 예수님을 시험하려고 질문을 했다. 가이사에게 세금을 바치는 것이 옳습니까, 옳지 않습니까? 이에 예수님께서는 가이사의 형상이 찍힌 동전을 가리키며 말씀하셨다.

"그런즉 가이사의 것은 가이사에게, 하나님의 것은 하나님에게 바치라.(마태복음 22장~21절)"라고 말씀하셨다. 이때 말씀하신 것이 오로지 세금에만 국한된 것이겠는가. 세금도 의무도 사랑도 헌신도 모두 나누어야 할 곳, 필요로 하는 곳, 있어야 할 곳에 있어야 한다는 말씀이 아니었을까. 나라를 경영하는 국가와 마땅히 누려야 할 가정과 돌봄이 필요한 자녀와 소외된 계층에게 햇볕처럼 골고루 나누어져야 한다는 생각이다.

남편이 교회 앞자리에서 경건하게 예배드리는 동안 부인은 뒤쪽에서 두 딸을 건사하며 서성이다가 휠체어 둘을 힘겹게 돌려 교회 별실로 자리를 옮긴다. 온 교인이 웃음꽃을 피우며 친교를 나누는 시간에도 별실의 문을 닫고 세 모녀만의 식사 시간을 가질 것이다. 휠체어에 젊음이 갇힌 30대 큰 따님과 부모가 떠난 후에 더욱 힘든 시간을 살아가야 할 막내 따님과 함께.

예배가 끝났다. 서둘러 자리에서 일어났다. 점심을 먹으며 친교를 나눌 심정이 아니다. 천천히 차를 몰아 주차장을 빠져나온다. 햇빛이 길 위에 희게 부서지고 있다.

그린 힐 언덕 위에

　지난달 주말 하루, 두 집 아이들과 시간을 맞춰서 모처럼 빠지는 얼굴 하나 없이 그린 힐 가는 길에 나섰다. 이 도시로 옮겨 오고 나서 그린 힐 가는 길이 사뭇 멀어졌다. 러시아워를 피해도 왕복 두 시간이 꼬박 걸리니 아침저녁으로 찾아볼 수 있는 거리가 아니다.

　올여름의 살인적인 폭염과 찬 밤의 이슬과 별 시린 외로움을 견뎌낸 무덤가의 수국이 머물다 떠난 혼백의 흔적처럼 늦가을 바람에 희게 부서지고 있었다. 꽃병을 씻어서 들고 온 안개꽃을 꽂아 넣었다. 더위에 군데군데 말라버린 잔디에 아이들이 물을 주고 있는 동안, 그의 묘비에 멍하니 눈길을 주었다.

　갑자기 주위가 소란해지며 바로 옆자리의 가족들이 나타났다. 비어 있던 옆 가족 묘지의 한 자리에 우리보다 1년쯤 후의 어느 날 처음으로 꽃이 놓여 있었다. 새로 입힌 떼장 위엔 비석이 한동안 보이지 않아서 궁금했었는데 오늘 처음으로 그 가족과 마주쳤다.

"애들 아빠 쉰둘에 심장마비로 갔어요. 그 댁 선생님보다 많이 일찍 갔지요?"

우리 비문을 보아 알고 있는 듯, 친근한 웃음을 띠며 말을 건네는 초로의 부인과 10대 후반으로 보이는 두 자녀에게 애석한 미소밖에는 돌려줄 것이 없었다. 문득 그곳의 두 사람은 이미 밤의 찬 이슬로 대작을 마쳤으리라는 느낌이 들었다.

"내가 여호와의 집에 영원히 살리로다."

시편 23편을 낭독하고 생명수 흐르는 시냇가에서 다시 만날 날을 기약했다. 모두 입을 모아 'Jesus loves me'를 아카펠라의 하모니로 끝냈을 때, 손주들이 어느새 성급하게 두 차의 문을 여닫는 소리가 들렸다. 우리가 떠나는 기척을 알면 그가 섭섭해할 텐데. 그를 처음으로 이곳에 홀로 두고 떠나던 날의 기억이 차 문을 여닫는 금속성의 소리 사이로 아프게 밀려왔다.

아들과 딸은 모두 아버지가 떠난 후에 결혼해서 며느리나 손주들은 그를 본 적이 없다. 사위만은 예외로 딸과 결혼하고 한참이 지난 어느 날, 생전의 아버지를 뵌 적이 있다고 털어놔서 우리를 놀라게 했다. 딸과 대학 동문인 사위는 딸의 졸업식에 참석한 좋아하던 선배의 아버지를 가까이 다가가 뵈었다고 했다.

1년여 투병 생활을 하는 동안에도 남편은 유머를 잃지 않아서 그의 병상 주위에는 항상 웃음이 끊이지 않았다. 왁자한 웃음소리에 병실에 들어오던 의료진이 자주 흠칫 놀라고는 했다. 딸을 몹시 아끼던 그는 병문안을 온 친구가 "자네는 스트라이크 하나(아들)와 볼 하나(딸)를 고루 두어서 복이 많다."라고 위로를 건넸는데 그는 대번에 머리를 저었다. "원 스트라이크 원 볼이 아니라 투 스트라이크"라고 반박했다.

동부의 대학에 입학한 딸을 학교에 두고 오던 날, 그는 딸에게 'AFC'를 주문했다. 'Aim For C', 성적은 C만 받으면 된다는 것이었다.

음성을 잃은 그는 아침마다 병실에 들어서는 내게 'I love you'라고 입술로 인사했는데 5월의 화창한 그 날은 'I love~' 한 후 더 이어가지 못했다. 창문으로 햇살이 눈부시게 비쳐드는 오후 3시, 그는 둘러선 10여 명의 친지 얼굴에 일일이 눈길을 주고 밤에 우는 나이팅게일의 영원한 짝이 되었다. 앞으로 헤쳐나가야 할 노년의 쓸쓸함과 외로움은 온통 남은 내게 떠맡기고 그는 인생의 정점에서 담담하게 삶을 마감했다.

리서치 보조로 한 달에 250달러를 받아 살던 학생 시절, 그에게 공부가 끝나면 어디서 살고 싶으냐고 물었던 적이 있다. 그는 처음 들어보는 지명을 말했다. 팔로스버디스라는. 그는 지금 산페드로 항구가 내려다보이는 팔로스버디스의 그린 힐 언덕에 누워있다.

지금 햇살 가득한 무덤 위에 살아 있는 사람과 떠난 사람 사이에 부는 미풍을 그는 느끼고 있을까. 이미 레테 강을 건넌 그는 우리의 기적도 체취까지도 다 잊었을까.

'언어'의 바벨탑

코로나의 계절 겨울이 마치 간 보듯 주춤거리며 첫발을 들이민다.
우리 삶은 뒤죽박죽인데 우주는 질서정연하다. 며칠 전이다. 손자가
엄마 곁으로 조용히 다가오더니 한국말로, "나는 김영민입니다." 하더
란다.

영민은 외손자 데이비드의 한국 이름이다. 완전 영어권에서 사는 아
이가 던진 한마디는, 손자가 태어나서 처음으로 말문을 열었을 때와
맞먹는 일대 사건이었다. 소식을 듣고 빛의 속도로 딸네로 건너갔다.
부엌 식탁에서 간식을 먹고 있는 손자의 맞은편에 앉으며 한국말로 대
화를 시도했다.

"나는 할머니입니다."

순간 손자는 당황해서 "오 마이 갓!" 하더니 간식도 내버려 두고 이
층 제 방으로 달아났다. 처음 배운 한국어 문장을 한 번 연습해 봤을

뿐인데 어른들의 반응이 지나쳤나 보다. 손자가 앞으로 치러야 할 긴 한글과의 전쟁이 안쓰럽다.

70세에 교통사고를 내서 아쉽게 운전대를 놓은 언니는 나를 운전 도우미로 수시로 호출한다. 철 따라 감나무밭, 대추농장 원정은 물론 이고 때론 친구들 병원 출입도 도와주기를 원한다. 언니가 당당하게 권하는 차편을 이용하던 언니의 지인들은, 며느리나 딸이 나오겠거니 했다가 차를 몰고 온 늙수그레한 동생을 보고 대개는 미안해서 어쩔 줄 몰라 한다.

한국인 심장 전문의들이 '불친절해서' 미국인 의사와 예약을 했다는 언니를 위해 그날은 내가 기사 외에 통역까지 겸하게 되었다. 심전도 와 여러 가지를 체크한 후 아무 이상이 없다고 하자 노인네가 영 미심 쩍어했다. 의사는 원한다면 하스피탈에 가서 심장 체크 다시 하고 여 차여차한 검사를 해보고 그때도 이상이 없으면 'leave it alone' 하라 고 했다. 한마디로 심장 이상 없음이 선포됐는데 오피스를 나서는 노 인네가 퍽 섭섭한 표정이다.

"아니, 심장이 그렇게 튼튼하면 재혼을 하라고 해야지 왜 혼자 살라 고 하지?"

'신경 쓰지 말라(leave it alone)'는 말을 '혼자 살라(live alone)'로 알 아들으신 거다. 웃음이 터져 나오려는 걸 간신히 참았다.

전공으로 선택한 프랑스어와 미국의 일상어인 영어, 그리고 우리말의 늪에서 평생을 허우적거린다. 프랑스어는 끊임없는 연구와 조탁으로 세계에서 가장 아름다운 문자 가운데 하나라고 하지만, 손 본 만큼 섬세하고 까다롭다. 영어를 이해하는데, 프랑스어 전공은 전혀 도움이 안 된다. 두 언어는 글자의 생김새만 비슷할 뿐 영국과 프랑스 사이에 있는 '영불해협'의 깊이만큼 다르다. 그 해협이 가르는 북해와 대서양만큼이나 차이가 난다.

프랑스어는 명사마다 성의 구별이 있고, 단수인지 복수인지에 따라 명사를 꾸미는 형용사의 형태가 바뀔 뿐 아니라 동사 활용도 복잡하다. 성(性)과 인칭, 수(數)에 따라 동사가 변한다. 시제도 현재, 과거, 미래형만 있는 것이 아니다. 과거 안에도 여러 형태가 있어서 일이 일어난 시점이나 지속 정도에 따라 복합 과거, 반과거, 대과거 등으로 나뉘고, 미래 안에도 사건의 진행 순서나 확실성 여부에 따라 단순미래, 전미래 등으로 갈라지는 식으로 시제 구분도 촘촘하다.

외국에 살면서 문법과 띄어쓰기를 거의 잊어버린 한글로 글을 쓰기도 쉬운 일이 아니다. 자주 바뀌는 우리 국어 맞춤법은 복잡한 가전제품 조립 설명서처럼 여간해서 익숙해지지 않는다.

태초에 우주에는 하나의 언어밖에 없었다고 한다. 인간이 하늘에 닿으려고 바벨탑을 쌓자 신이 노해서 우주의 언어를 흩으셨단다. 세 개의 언어 가운데서 끝없이 헤매는 나는, 어쩌면 바벨탑의 가장 높은 곳에서 작업하다 신의 눈총을 받게 된 어느 무리의 후손인지도 모르겠다.

내 속의 유별난 고소공포증 DNA로 미루어 볼 때 그 가능성은 희박하
지만.

책과 함께하는

커피를 내리려는데 머신이 말썽이다.

오늘 아침엔 특별히 카프리치오 팩을 골라 넣었는데 커피가 내려오지 않는다. 계속해서 버튼을 누르자 머신은 거의 비명을 지르며 항거한다. 이리저리 살펴보다 물 컨테이너가 비어있는 걸 발견했다. 물을 채워 넣지 않은 것이다. 내 사랑 카프리치오는 머신의 틈바구니에서 찌그러져 출산도 못 하고 만신창이가 되었다.

나의 첫 번째 머신은 이런 내 횡포를 견디다 못해 머신이기를 포기하고 고철이 되는 운명을 택했다. 그렇듯 아쉬운 이별을 경험했기에 이번 머신에는 각별한 관심을 기울였는데 또 실수했다. 종이 넣지 않고 '프린트' 누르기, 밤새워 글 써 놓고 '세이브' 안 하고 잠자기 등, 건망증이 수그러들 기미가 없다.

작년 새해 초에 다섯 가지를 결심했다.

– 하루에 한 시간 이상 걸을 것

– 커피를 하루에 두 잔으로 제한할 것

– 사흘에 책 한 권을 읽을 것

– 일주일에 시 한 편씩을 외울 것

– 넘어지지 않도록 조심할 것

올해엔 한 가지를 더 추가했다.

– 건망증을 컨트롤 할 것

제아무리 최고의 에스프레소 머신이라도 마중물을 받지 않고 결과물을 내어놓을 수는 없다. 그건 마치 독서를 하지 않고 글을 써 보겠다는 것과 마찬가지다.

글쓰기에는 다독, 다작, 다상량이 중요하다고 하는데 그 가운데서도 독서는 기본이다. 가을을 독서의 계절이라고 하지만 1년 365일이 모두 책을 읽기 좋은 날이다.

다음은 많이 써 보는 것이다. 또렷한 기억보다 희미한 볼펜 흔적이 낫다고 한다. 구슬 세 가마가 옆에 놓여 있어도 꿰지 않으면 목걸이가 아니다. 글쓰기를 많이 연습하지 않고 타고난 재주로 책상에 앉기만 하면 좋은 글이 술술 써지는 사람은 없지 싶다.

다음으로 많이 생각하고 헤아린다는 다상량은 비단 글을 쓰는 이에게만 요구되는 항목은 아니다.

이 세 가지 외에 좋은 글을 쓰려면 살아온 환경도 도움이 된다고 생각한다. 경험이라고 할 수도 있고 배경이라고 말해도 좋을 것이다.

어릴 때 우리 집안에는 문학을 전공한 이가 없었다. 위로 삼 대조를 거슬러 올라가도 시인, 문필가, 국문학자, 언론 계통에서 일하는 조상은 안 계셨다. 고향이 서울이어서 향토색 짙은 문학작품을 쓸 수 있는 배경도 아니었다. 가도에게 한유와 같은 멘토는 물론 기대할 수 없었다. 집안엔 흔한 어린이 동화책 하나 없었는데 손에 잡히는 것은 여러 날 지난 신문 한쪽이든 오래된 잡지의 한 면이든 처음부터 마지막 줄까지 읽었다.

학교에 웅변대회라는 것이 자주 있었다. 주제는 주로 '반공'이나 '방일'이었는데 대회에 출전하는 친구들의 원고를 대신 써 주곤 했다. 입상하면 교내 식당에서 팥 도넛을 하나씩 사 주었다. 책상을 쾅 내리치며 사자후를 토하던 그리운 친구들, 지금은 모두 어느 곳에서 그 당당하던 갈기를 접었을까.

새해가 독서 하기 좋은 해가 되기를 기대한다.

2 ∴ 흘러간 것들을 위하여

공들의 계절

막 연두색에서 진초록으로 옷을 갈아입은 거리의 나뭇잎들이, 5월의 살랑대는 훈풍과 가벼운 스킨십을 나누고 있다.

아침 일찍 맥도날드에 가서 5인분의 아침 식사를 사 들고 딸네 집으로 향했다. 오늘 영국 프리미어리그 토트넘과 노리치의 축구 시합을 딸네와 아침을 먹으며 보려는 것이다. 잠옷 바람의 두 손주까지 아침 식사를 빌미로 아래층 TV 앞으로 불러 내렸다.

프리미어리그 2021~2022시즌이 오늘이 마지막 날인데 시즌 득점왕을 노리는 토트넘의 손흥민 선수의 골 수는 21골, 리버풀의 살라 선수는 오늘까지 22골 기록을 갖고 있다. 손 선수도 살라 선수도 오늘 한 게임씩을 남겨두고 있는데 살라가 마침 다쳤다는 소식이 들려오고, 우리의 바람대로 그가 오늘 게임에 결장하면 손 선수는 한 골만 추가하면 그와 공동 골든 부츠 상을 받게 되고 두 골을 넣으면 손 선수 단독 수상이다.

8시 정각, 토트넘과 노리치의 게임이 시작되었는데 조금 후에 반갑지 않은 소식이 전해졌다. 살라가 부상에도 불구하고 오늘 울버햄프턴과의 게임에 선발로 출전했다는 것이다. 그쪽에서도 손 선수의 21골을 의식했으리라. 살라가 오늘 추가 골을 넣으면 안 되는데… 결코 만만치 않은 파라오의 후예 살라, 가슴이 조마조마하다.

후반 25분, 손 선수가 날아올랐다. 노리치 수비수가 실수로 놓친 공을 모우라 선수가 잡아 환상적인 턴으로 손 선수에게 연결했고 손 선수는 골키퍼를 앞에 두고 곧장 골문 안으로 차 넣었다. 골망이 출렁했다. 22골, 살라와 나란히 공동 수상이다. 하지만 거기서 끝난 게 아니었다. 손 선수는 5분 뒤 다시 25야드 밖에서 오른발로 길게 감아 찼고 공은 꿈결처럼 골문 안으로 빨려 들어갔다. 23호 골, 눈 깜짝할 사이에 손은 두 골을 만들었다. 단독 득점왕이 코 앞인데 그런데 곧이어 전해진 살라의 23호 골 성공 소식에 가슴이 철렁했다.

23골로 손흥민은 게임을 마쳤는데 토트넘보다 조금 늦게 시작한 리버풀은 아직 4분의 잔여 게임 시간이 남아 있다. 살라가 추가 골을 넣을 수도 있는 피를 말리는 4분, 천당과 지옥을 오가며 기억나는 온갖 조상신께 기도하고 살라의 알라신에게도 오늘만은 대충해 주시기를 빌고 또 빌었다. 영원히 끝날 것 같지 않던 4분이 지나고 살라의 추가 득점 없이 리버풀의 게임도 끝이 났다. 드디어 EPL 공동 골든 부츠상을 수상한 손흥민은 황금빛 구두를 두 팔에 안고 한국 국가대표 A매치를 위해 그 밤에 귀국했다. 손에 든 트로피만큼이나 싱그러운 미소를 띤 채. 나이스 원 쏘니!

젊었을 때 숙부는 야구 국가 대표 투수였다. 유난히 막냇동생을 아끼던 아버지는 숙부의 시합이 있는 날은 온 가족을 이끌고 게임이 열리는 동대문 운동장을 찾아 응원했다. 시합이 끝난 후에는 경기의 승패와 관계없이 늘 장충동 골목길에서 막국수를 먹었다. 그 맛을 잊을 수 없어 몇 해 전 귀국길에 그 막국수 집을 찾아보았는데 찾지 못했다. LA에 정착한 뒤로는 다저스 팬이 되었는데 언제부턴가 야구보다는 축구를 보며 마음이 따뜻해지는 것을 느낀다.

같은 둥근 공이지만 축구공이 선의의 공이라면 야구공은 적의를 품은 것으로 느껴진다. 마운드에 들어선 야구의 투수는 상대가 맞추지 못하기를 바라며 공을 던진다. 공을 하늘로 날려버리든가 헛스윙해서 삼진이라는 이름으로 그를 쫓아내려고 한다. 타자가 히트해서 일단 필드에 진출한 후에는 더욱 험난한 여정과 마주한다. 그 길에는 2루와 3루와 그리고 홈까지의 고비들이 있다. 멀리 가까이 외야수, 내야수들에게 포위되어 세 차례의 위기를 뚫고 홈인할 때까지 홀로 외롭고 지루한 싸움을 해야 한다. 그에 반해 축구는 가장 아래의 수비수로부터 가장 위쪽 공격수의 발끝에 이르기까지 공은 열의를 담고 연결된다. 필드를 도반들과 끊임없이 함께 누비며 골을 넣기 위해 원팀 정신을 발휘

하는 협동과 화합의 한 마당은 늘 가슴을 뛰게 한다.

곧 월드컵이 시작된다. 주최국인 카타르의 여름 더위를 피해 이번 월드컵은 처음으로 11월에 개최된다. 한여름의 무더위와 수선스러움이 지난 후, 가을에 열리는 대회에 차분한 기대감이 차오른다. 한국은 가나, 포르투갈 그리고 우루과이와 자웅을 겨룬다. 우리 손 선수와 우루과이 국가 대표인 토트넘의 벤탄쿠르 선수가 월드컵에서 만난다. 한솥밥을 먹는 절친인 두 선수가 세계 무대에서 각기 조국의 명예를 걸고 대결하는 그 날을 기다리며 가슴이 설렌다.

외국팀의 모든 대한민국 선수가 남은 기간 소속팀에서 다치지 않고 국내 팀에 합류해 월드컵에서 선전하기를 기원했는데 며칠 전 결코 일어나서는 안 되는 일이 일어났다. 마르세유와의 챔피언스 리그 경기에서 우리 손 선수가 얼굴을 많이 다친 것이다.

그가 부상으로부터 속히 회복되기를 염원하며 먼 동쪽 하늘 너머로 기도 한 자락을 보낸다. '너 근심 걱정하지 말아라. 주 너를 지키리, 위험한 일을 당한 때 주 너를 지키리.'

프렌치 디스커넥션

1998년, 위스콘신주 블랙 울프 골프장에서 'LPGA US 오픈'이 열렸다. 연장전 마지막 18번 홀에서 박세리는 티샷을 홀의 왼쪽 연못가로 보냈다.

땅 위에서 공을 칠 스탠스가 여의치 않자 그녀는 물속에서 샷을 하기 위해 골프화와 양말을 벗고 개울로 들어갔다. 양말을 벗은 그녀의 발은 눈처럼 희었다. 햇볕에 까맣게 탄 종아리와는 너무나 대조적인 그 모습은 만만찮은 그녀의 연습량을 짐작게 했다. 개울로 들어선 그녀는 물가 풀숲에 빠진 공을 어프로치 웨지로 침착하게 쳐냈다. 갤러리들 사이에서 탄성이 터졌고 당시 초보 골퍼였던 내게도 그 장면은 무척 감동적으로 다가왔다. 박세리는 그날 태국계 제니 추아리시폰을 누르고 우승컵을 들었다.

다음 해, 'PGA 디 오픈 챔피언십'은 스코틀랜드의 카누스티 골프장에서 열렸다. 최종 라운드가 있던 날, 그때까지 선두를 달리던 프랑스의 장 방드 벨드는 마지막 18번 홀에서 공을 개울에 빠뜨렸다. 2위에 3타 차로 앞서 있던 그는 더블 보기만 해도 우승인데 신발을 벗고 물에 빠진 공을 치려고 개울물에 들어섰다. 개울둑은 높았다. 물속에서 3타를 쳐서 2위와 동점이 되었고 연장전 끝에 그는 다 잡았던 우승을 스코틀랜드의 폴 로리에게 헌납했다.

중계방송 중이던 골프 전문가들은 장 방드 벨드의 서툰 전략을 안타까워했다. 나는 그 전 해에 있었던 박세리의 빛나는 홀 공략을 떠 올렸다. 박세리는 과감하게 물에 들어가서 성공했고 벨드는 불필요하게 물에 들어가서 실패했다.

그다음 날, 전날의 PGA 챔피언십 관련을 취재한 LA타임스의 기사 제목은 '프렌치 디스커넥션(French Disconnection)'이었다. 진 헤크만이 주연한 영화 '프렌치 커넥션(French Connection)'을 패러디해서 뒷심이 부족했던 프랑스의 신예 골퍼 벨드를 비아냥댄 것이다.

요즘 골프가 대세지만 끝나고 나면 준비해 온 간식이나 클럽 하우스에서 투고한 음식을 궁색하게 벤치에 앉아서 각자 먹을 수밖에 없다. 함께 플레이 한 멤버들과 앉아 아웅다웅 18홀을 복기하며 웃음꽃을 피우던 것이 언제였나 싶다. 그나마 팬데믹 시기에 카트를 혼자 탈 수 있고 함께 라운딩하는 팀원들과도 거리 두기를 할 수 있는 유일한 운동이기에 부지런히 필드에 나간다.

골프는 인간의 죄를 벌하기 위해 스코틀랜드의 칼비니스트들이 만들어 낸 전염병이라고 한다. 한 번 그 매력에 빠지면 헤어 나오기가 쉽지 않다. 우리 부부도 한때는 주말이면 동틀 무렵부터 석양이 지나 공이 희끗희끗 겨우 보일 때까지 골프장에서 살다시피 했다.

남편은 하루에 스무 걸음도 채 걷지 않는 사람이었다. 저녁에 퇴근하면 차고에 차를 넣고 부엌의 식탁으로 곧장 와서 저녁을 먹었다. 식사 후에는 대여섯 걸음 옮겨서 거실에서 TV를 보다 스포츠 뉴스가 끝나면 침실로 가는 일상이었다. 열 걸음 정도의 복도를 지나 침실로 가는 중에도 벽에 걸린 그림에는 눈길 한번 안 주는, 반걸음도 불필요한 행보는 하지 않는 사람이다. 이런 그가 필드에 나가면 30 lbs가 넘는 골프 가방을 짊어지고 18홀 걷기를 마다하지 않았다. 골프에 별로 흥미를 못 느꼈던 나는 처음엔 소극적이었지만 남편을 걷게 하려고 부지런히 함께 라운딩했다.

골프는 우리 삶과 닮았다고 한다. 성공과 실패와 경쟁과 좌절과 인격과 속임수가 고스란히 담겨 있는 다섯 시간여의 인생 축소판이라고 할 수 있다. 그 가운데서도 자신의 스코어를 부풀려 적거나 공의 위치를 치기 좋은 곳으로 슬쩍 옮기는 일도 종종 발생한다. 공 치는 데 제일 방해가 되는 바람 부는 날에는 골프를 칠 수 있어도 속임수를 쓰는 사람과는 함께 골프를 못 친다고들 한다.

얼마 전에 퇴임한 미국의 한 정치인이 라운딩을 마치고, '오늘은 한 번도 속임수를 쓰지 않았다.'라고 하면 그건, '영국의 엘리자베스 여왕이 장대뛰기 국가 대표'라는 것과 마찬가지 거짓말이라는 우스개가 있다.

'바람 없어 좋은 날' 친구들과 클럽 하우스에서 얼굴을 맞대고 막 끝낸 18홀을 복기하던 때가 그립다.

포트 레너드 우드의 햇살

미주리 주립대학에 재직할 때였다.

학교에서 서쪽으로 20마일 떨어진 곳에 포트 레너드 우드(FT. Leo-nard Wood)가 있었다. 모병제인 미국에서 한국의 논산 훈련소 같은 곳이다. 공병과 신병들을 주로 맡아 훈련했고 10주간의 기초군사훈련을 마치면 이어서 10주간의 전공별 군사교육을 이수한 뒤에 자대에 배치되어 떠난다.

어느 날 레너드 우드 시의 DMV에서 학교의 추천을 받았다며 우리에게 편지를 보내왔다. 영어로 된 운전면허 시험 문제지를 한국어로 번역해 줄 수 있는가 하는 내용이었다. 레너드 우드에서 근무하는 병사의 한국인 부인들이 면허 시험이 어려워 운전면허를 받지 못하고 있다는 것이다. 한국어로 문제를 제출할까 한다는 부연 설명과 함께 우리가 도와주면 고맙겠다는 내용이었다.

신병들은 모든 훈련이 끝나면 20주 후에 떠나지만 그들의 교육을 맡은 교관들과 기초 훈련을 담당하는 조교들은 그곳에 상주한다. 그 외에 경계 근무 담당 초병들 그리고 급식, 세탁 관계 일 등, 많은 장교와 선임병과 그 가족들이 거주하고 있었다. 그중에는 한인 여인과 결혼한 가정도 여럿 있다고 했다.

그곳의 한국인 부인들에 대한 평판은 그때 우리 학교의 한인 사이에선 별로 좋은 편이 아니었다. 한 병영에 여러 나라의 여자들이 북적대니 싸움이 끊이질 않았는데, 일본과 베트남 부인들은 엠피(Military Police)가 나타나기만 해도 흩어지는데 한국 부인들은 호스로 물을 뿌려도 흩어지지 않아서 엠피들이 모두 손을 내저으며 출동을 꺼린다는 것이었다.

이런 선입관을 갖고 시작됐지만, 우리가 그곳을 떠날 때까지 3년여 동안 그곳 부인들과는 참으로 따뜻한 교류를 나누었다. 어느 날 학교에서 연락처를 받았다며 우리를 만나보고 싶다는 샌디 로버츠라는 부인을 만났다. Mrs. 로버츠는 품위가 있었고 영어에도 능통했다. 한국 이름이 김선희라는 그녀는 면허 시험 문제지의 한국어 번역을 조금 고쳤으면 좋겠다고 했다. 우리 생각에도 그 부분이 조금 미흡한 것 같아서 그녀의 의견대로 문구를 수정했다.

그날 선희 씨는 관사에 우리 부부를 초대해 밥 위에 농사지은 깻잎을 찌어 내어놓으며 극진히 대접했다. 텃밭에서 막 따온 오이는 여느 오이 맛과 달리 다디달았고 그 외에도 일 년에 몇 개밖에 열리지 않는다는 귀한 가지를 한사코 우리 차에 던져 넣어주었다.

식사 후 Mr. 로버츠의 안내로 내외가 일군 텃밭을 돌아보고 우린 벌린 입을 다물지 못했다. 텃밭에는 깻잎, 오이, 가지 외에도 고추, 상추, 쑥갓 등, 없는 것이 없었고 한쪽 구석에 미나리꽝까지 있었다. 선희 씨에 의하면 부사관 부인들은 그렇게 야채를 키워서 생계에 보태기도 한다고 했다.

그렇게 시작된 인연으로 주말이면 나는 한국 학생 부인들을 차에 태우고 그곳 텃밭에서 키운 채소를 구입하러 가곤 했다. 우리가 가는 날, 그녀들은 번갈아 가며 자기들의 모빌 홈에 우리를 초대해서 따끈한 점심을 대접했다. 그때 우린 MJB 커피 깡통에 구멍을 뚫어서 옹색하게 콩나물을 길러 먹었는데 그녀들은 제법 큼직한 시루에 콩나물을 넉넉히 길러서 우리에게 맛깔스러운 콩나물밥도 대접했다.

그중에서도 제니는 유난히 정이 많았다. 경상도 출신인 제니는 모두 공부하느라 욕본다며 채소 한 포기라도 더 주지 못해 안달했다. 가난한 농촌 가정의 장녀였던 그녀는 그때 남의 집 살이 하러 떠나지 않고 K 여중만 갔더라도 자기 팔자가 달라졌을 거라며, 자주 신세 한탄을 늘어놓았다. 그 학교를 졸업한 나는 마음속으로 공연히 미안한 마음이 들곤 했다. 그녀는 "언니는 참 복도 많다. 우짜다가 한국 남편을 다 얻었노?"라며 비명이 나올 정도로 내 어깨를 세게 내려치곤 했다.

얼굴이 까무잡잡하고 보조개가 귀여운 캐시는 낳아 준 부모의 얼굴도 모르고 초등학교도 다닌 적이 없지만, 그녀는 남편 지미를 하늘처럼 여기며 행복한 삶을 꾸려 갈 희망을 늘 품고 있었다. 백인 남편을 가진 여자들은 자기를 무시하지만 지미는 자기만 사랑한다며 그윽한 눈길을 남편에게 보내곤 했다. 매달 캐시가 생리를 시작하는 날은 온 막사 안에 삽시간에 소문이 퍼졌다. 그녀가 가구건 음식이건 되는 대로 집어 던지며 삼 이웃이 떠나가게 통곡했기 때문이다. 그녀는 아이 갖기가 그토록 소원이었지만 과거의 험한 생활이 임신을 어렵게 했다.

우리가 그곳을 떠날 때까지도 안타깝게도 캐시에겐 좋은 소식이 없었고 얼마 뒤 지미가 전역이 되어 함께 다른 부대로 떠났다는 소식을 들었다. 지금쯤 캐시가 자녀들과 손자 손녀들에게 둘러싸여 행복하게 살아가고 있는 모습을 그려 본다.

모빌 홈 열린 창문 밖으로 보이는 텃밭에는 햇볕이 따스하게 내려앉아 있었고 그 햇살처럼 따스하던 그녀들과 보냈던 시간이 바로 어제 일인 듯하다.

8학년들의 반란

포토맥강은 애팔래치아산맥에서 발원하여 워싱턴 DC를 돌아 대서양 연안의 체서피크만으로 흘러 들어가는 길이 665km의 강이다. 주위에 운치 있는 카페와 작은 레스토랑이 많고 무엇보다 봄이 되면 강둑에 무리 지어 피는 벚꽃이 장관이다. 벚나무들은 강기슭에서 허리를 꺾어 닿을 듯 말 듯 강물 위에 그림자를 드리우는데 그중에서도 뭉게구름처럼 피는 분홍색 겹벚나무는 DC의 푸른 4월 하늘을 배경으로 환상적인 빛깔의 잔치를 펼친다.

워싱턴 DC의 여러 언론 매체에서는 4월 초순경부터 '올해의 벚꽃 만개 일'을 예상해 발표하며 분위기를 띄운다. 이르게는 3월 늦게 시작해서 거의 5월 초까지 벚꽃은 늘 그곳에 피어나고 매해 절정기는 4월 중순 전후를 크게 벗어나지 않는데도 사람들은 굳이 복잡한 '만개 일'에 맞추어 그곳을 방문한다. 나도 예외는 아니었다. 버지니아 북쪽 소도시에 사는 딸의 신혼집을 늘 그 무렵에 찾았고, 일정에 딸 가족과 포토맥강 방문이 반드시 포함되어 있었으니 만개 일의 소동에 나도 매해 일조하는 셈이었다.

그해도 4월이 되기를 기다려 DC로 향했다. 딸은 아이들과 함께 덜레스 공항 출구 앞에서 기다리고 있었다. 네 살 된 데이비드는 달려와 안겼고 두 살 된 앨리스는 유모차에 꼼짝하지 않고 앉아서 나를 주시했다. 할머니라면 가까운 메릴랜드 집으로 자주 찾아뵈는 그랜마가 있는데 또 하나의 그랜마라니. 나와 데이비드의 뜨거운 재회를 앨리스는 미동도 하지 않고 보고 있었고 내가 유모차로 다가가자 마지못해 상체를 조금 기울여 주었다.

첫 손주들이었던 두 아이를 사돈 내외는 많이 아꼈다. 주말마다 아들 가족을 집으로 불러 시간을 함께 보냈다. 데이비드가 세발자전거를 처음 배우던 날, 지칠 줄 모르고 타는 아이가 다칠세라 바깥사돈은 거의 두 시간 동안 땀을 뻘뻘 흘리며 아이 곁을 따라다녔다. 스윗하고 매사에 빠른 편인 데이비드에 비해 앨리스는 말도 조금 늦되고 상황을 늘 말없이 관찰하는 편이었다. 딸은 이 점이 마음에 쓰여 내게 걱정하곤 했는데 나는 차분한 앨리스가 오히려 사물에 대한 파악이 빠를 것이라 짐작했다.

그해 가을 무렵, 딸네 집으로 전화했던 날이다. 전화기 옆에서 놀던 앨리스가 수화기를 들었고 내 목소리를 듣고 그랜마라고 하자 딸은 기대도 없이, "어느 그랜마?" 했는데 놀랍게도 앨리스는 "The one you love."라고 대답했다. 전화를 받을 때 제 엄마가 '어머님 안녕하셨어요?' 하며 공손하게 응대하는 메릴랜드 할머니와 "하이, 맘!" 하며 심상하게 대답하는 캘리포니아 할머니. 그 두 할머니의 보이지 않는 차이를 예리한 앨리스는 이미 간파하고 있었다.

아득해 보이기만 하던 8학년 고지에 올라섰다. 얼떨결에 세월에 떠밀려 온 지점이어서 별다른 감회는 없었는데 여태 고분고분하던 몸이 반란을 시작했다. 먼저 오랜 비바람에 시달린 창틀이 흔들렸다. 백내장 수술과 안검하수 수술을 받았다. 긴 세월 버텨 온 치아도 하나둘 어긋나기 시작해서 매달 치과를 방문했는데 그때마다 딸이 동행했다. 아직 운전도 가능하고 백인 의료인들과의 의사소통도 큰 문제가 없다고 생각했는데 딸이 곁에 있으면 그들은 좀 더 친절했고 조금 더 상세히 내 증상에 관해 설명해 주는 것을 알게 되었다. 딸은 결혼 후 버지니아에서 계속 살았는데 연전에 캘리포니아로 옮겨 왔다. 어느새 내 병원 진료일은 딸의 스케줄에 맞춰 정해지기 시작했고 딸은 시간을 내서 나와 병원에 오가는 날이 늘어 갔다.

이 무렵 딸의 가정에는 또 하나의 만만찮은 반란 세력이 움트고 있었다. 8학년이 된 앨리스의 변화였다. 그토록 유순하던 앨리스가 학교에 다녀오면 제 방에 틀어박혀 두문불출하기 시작했다. 프리스쿨 때부터 가깝게 지내 온 친구들과 헤어지고 캘리포니아에서의 새로운 학교

생활에도 무난히 적응했는데 이즈음 부모의 모든 질문엔 퉁명스럽게 '노'로 일관했고 어디든 동행하기를 거절했다. 딸은 그럴수록 더 가까이 다가가며 대화를 시도했지만, 앨리스의 반응은 차갑기만 했다. 온 가족이 살얼음 위를 걷듯 앨리스의 기분을 살피는 나날이 이어졌다. 사위는 통통한 딸의 볼을 한 번 만져보기 위해 미리 허락받고 어렵사리 딸의 볼에 간신히 손을 대보는 형편이었다.

저녁마다 딸의 긴 하소연이 계속되었다. 그토록 감겨 오던 앨리스가 허그도, 뽀뽀도 모두 거부하자 딸은 무척 상심했다. 나는 '질량 불변의 법칙'을 예로 들며 매도 먼저 맞는 것이 낫다고 딸을 위로했다. 프랑스 화학자 앙투안 라부아지에(1743~1794)의 질량 불변의 법칙은 '닫힌 계의 질량은 상태 변화와 관계없이 같은 값을 유지한다'는 이론이다. 마찬가지로 자녀들의 일생 동안 GR의 총량은 일정해서 조금 일찍 시작하면 일찍 끝나고 어려서 별 탈 없이 지나가면 다 커서 반드시 정해진 양만큼 그리고 더 고약하게 반항하게끔 되어 있다는 'GR 총량 불변의 법칙'이다.

팔순 엄마의 병원 뒷바라지와 아이의 반항기가 겹쳐 딸은 힘들게 갱년기를 보내고 있었는데 얼마 전에 손녀가 생리를 시작했다는 소식이다. 닫히는 문 너머로 새롭게 열리고 있는 또 하나의 여성의 문. 낙조 속으로 하나의 방이 스러지고 있을 때 하늘은 그렇게 또 하나의 새로운 방을 열고 있었다.

상賞, 상商, 상傷

동부의 대학에서 남편을 만나 결혼하고 그곳에서 살던 딸이 15년 만에 캘리포니아로 이사 왔다. 지인들은 내가 로또를 맞았다며 모두 자기 일처럼 기뻐했다. 사위의 직장이 있는 H시 가까이 집을 옮기며 또한 번 버리느냐 마느냐 선택의 한가운데에 놓이게 된 액자가 있다.

가로 15인치, 세로 20인치의 액자의 위쪽에 남편의 이름이 양각으로 새겨있고 아래쪽에 현란하게 수 놓인 무궁화 꽃잎 사이로 시상자인 그 당시 대통령의 이름이 아른아른 보인다. 대한민국에 큰 선물을 안긴 공로로 남편이 받은 훈장이다. 그 훈장을 없애느냐 가보로 남기느냐 하는 문제는 훗날 아이들에게 맡기기로 하고 삼 년 전 집을 팔고 아파트로 이사할 때 짐 속에 넣어 왔다. 이번에 또 집을 옮기며 문득 깨달았다. 이미 레테 강을 건넌 남편도 잊어버렸을 그 훈장을 내가 너무 오래 품고 있었다. 떠나보내자. 액자만 버릴 수 없어 폐기 처분할 짐

속에 함께 넣어서 가만히 문밖에 내놓았다.

쉽지 않은 결정을 내리며 머리에 떠오른 이름이 노벨상을 박차버린 사르트르였다. 몇 해 전, 파리 여행의 마지막 날 생 제르망 데프레 거리에 갔다. 카페 드 플로로와 카페 뒤 마고가 길을 사이에 두고 마주 보고 있었다. 시계를 보니 드골 공항을 출발할 시간까지 얼마 남지 않았다. 두 카페 다 둘러볼 시간이 없어 카페 드 마고로 갔다. 파리의 카페들이 대부분 밖에 있는 노천 의자는 가르송들이 안내를 해 줘야 차지할 수 있지만, 실내의 자리는 많이 붐비는 시간이 아니면 슬그머니 가 앉을 수 있다. 2층에 사르트르가 앉아서 글을 쓴 의자가 있었다. 소란한 카페 아래층과는 달리 오후의 햇살이 나른한 2층엔 오래된 에디트 피아프가 흐르고 있었다. 사방 벽면은 온통 그의 사진과 글들이 실린 누렇게 변색한 신문으로 도배되어 있었다. 나는 사르트르의 삶과 사랑과 문학에의 열정을 받아들이기라도 하려는 듯 파리에서의 마지막 시간을 거기 앉아서 그렇게 보냈다.

'인생이란 버스(birth)와 데스(death) 사이의 초이스(choice)'라고 했던 사르트르에게 일생의 가장 극적인 초이스는 바로 노벨문학상을 거절한 일이 아니었을까 생각된다. 1964년, 노벨상위원회는 그해 노벨문학상 수상자로 프랑스 작가 장 폴 사르트르를 선정했고 사르트르는 수상을 거절했다. 그보다 7년 전인 1957년에 사르트르보다 8년 연하인 알베르 카뮈가 이 상을 먼저 받았던 데 대한 분풀이라는 오해도 받았지만, 사르트르는 이 상을 거절함으로써 수상보다 더욱 빛나는 명예를 얻었다.

5·16 문학상을 거절한 시인 유치환은 지금은 상상하기도 쉽지 않은 엄정하던 군사정권 시절에 이 상을 거부하며 이렇게 말했다.

"상 받을 사람에게 먼저 물어보고 수상자를 발표하라."

기라성 같은 작가와 시성들을 거느린 영미와 프랑스에도 문학상은 콩쿠르를 위시해 서넛 정도로 알고 있는데 정작 한국에는 문학상이 프랑스의 치즈 가짓수만큼 많다. 상이 이처럼 많은 까닭은 사람들이 상을 무척 좋아하기 때문이리라. 수요가 있는 곳에 공급이 있게 마련이다.

이렇게 늘어난 상들은 상의 권위를 추락시키고 가치를 떨어뜨린다. 필경 상(賞)행위는 상(商)행위로 변질한다. 순수한 상행위는 주는 사람이 아니라 받는 사람을 격려하고 그간의 노력에 대한 보상이다. 당연히 수상자가 갑이고 시상자는 을이다. 하지만 대부분의 경우, 상은 심사위원들에게 터무니없는 권위 의식을 갖게 한다. 그들은 스스로 갑이되어 단상에 높이 앉아 단하에 펼쳐진 꼬리에 꼬리를 무는 상을 원하는 행렬을 즐기며 차츰 상(傷)해 간다. 수상 경력이 거의 한 페이지를 차지하는 문인도 있고 상을 베풀 위치에 있는 원로가 상을 차지하는 경우를 보면 씁쓸하다.

남편의 훈장 아래쪽에 있던 그 시상자를 생각했다. 임기 중의 그의

공과(功過)의 비중이 정권 따라 오르락내리락하지 않는 다른 분의 이름
이 그 자리에 있었더라면 남편의 훈장은 한 번쯤 더 내 거실에 걸렸을
지도 모른다.

설핏 잠이 들었다가 깼다. 문 앞에 놔둔 꾸러미가 생각났다. 이번엔
정말 버려야 한다. 벌떡 일어나 집어 들고 쓰레기장으로 갔다. 모두
잠든 시간이다. 번쩍 들어서 쓰레기통에 던져 버렸다. 쿵, 하는 소리가
정적을 깬다.

내 가슴에서도 '쿠웅' 하는 비명이 들렸다.

목소리 고운 아이들도 많던데

어렸을 때 집 뒤뜰에는 유난히 꽈리나무가 많았다.

꽈리를 먹으면 목소리가 맑아진다고 엄마는 해마다 정성 들여 가꾼 꽈리 열매를 우리에게 먹였다. 엄마의 이런 수고 때문인지 언니들은 고운 목소리를 갖게 되었지만, 유달리 엄마가 신경 쓴 나는 자랄 때 가을바람만 선뜻 불어도 감기가 들곤 했다. 통과의례처럼 기관지염을 거쳐 기침이 멎고 나면 내 목소리는 거의 한 옥타브쯤 낮아져 있었다.

엄마의 꽈리 값을 우리는 꽤 비싸게 치렀다. 그건 저녁마다 가족 합창 대회를 열어야 하는 일이었다. 한국 가곡 백곡 집에 나와 있는 노래를 부르거나 찬송가를 두 파트로 나눠 부르기도 했다. 가끔은 언니의 피아노 반주를 효과음 삼아 어설픈 오페라 놀이를 하기도 했는데 그럴 때면 노래는 못해도 기억력은 좋아서 스토리를 꿰고 있던 나는 낮은 목소리로 중간중간 작품 해설을 했다. 훗날 오페라를 공부하면서 이때의 내 역할이 '레치타티보'(아리아와 아리아 사이에 낮은 목소리로 내용을 설명하듯 부르는 오페라에서 가장 인기 없는 파트)라는 오페라의 정식 성부(聲部)임을 알게 되었다.

내 목소리에 관해서 처음으로 자각하게 된 계기는 중학교를 졸업할 때였다. 졸업생 답사를 내가 썼고 졸업식에서 낭독도 당연히 내가 하게 될 줄 알았는데 국어 선생님 담임 반 반장에게 낭독이 돌아갔다. 심한 사투리가 섞이기는 했어도 고운 목소리로 내가 쓴 답사를 자구 하나 틀리지 않고 감동적으로 낭독했다. 그때는 재학생 송사, 졸업생 답사가 낭독되면 졸업식장은 온통 울음바다가 됐는데 답사가 슬퍼서인지 뺏긴 낭독이 분해서인지 흐느끼는 친구들 사이에서 나도 덩달아 울었던 기억이 있다.

목소리에 관해서는 내 시어머님과의 일화도 빼놓을 수 없다. 어머님을 처음 뵌 건 아들의 첫돌 무렵이었다. 공부를 마치고 영주권이 나오자 시부모님을 미국으로 초청했는데 두 분 함께 하는 여행은 비자 받기가 어려워서 어머님 혼자 미국 여행길에 오르게 되었다. 육십 대 후반이었던 어머님은 베이지색 원피스를 입고 꼿꼿한 걸음걸이로 센트 루이스 공항 출구로 걸어 나오셨다. 집으로 오는 동안 차 뒷좌석에 묶인(?) 손자를 안쓰러워하는 것을 제외하곤 어머님은 여느 할머니와 다름이 없어 보였다. 하지만 나는 긴장을 늦출 수 없었다.

남편은 육 남매의 셋째로 위의 두 아주버님 내외가 그동안 자주 미

국으로 여행을 왔다. 그때 함께 온 동서들을 통해 어머니에 관해 들어
알고 있어서 긴장할 수밖에 없었다. 어머니는 며느리 기죽이기에 그
누구도 따라갈 수 없는 일가견이 있으신 듯했다. 큰 동서는 대학 입시
에 낙방하고 재수하다가 우연히 나간 소개팅에서 큰동서의 외모에 끌
린 큰 아주버님과 만난 지 여섯 달 만에 결혼하게 되었다고 한다. 신혼
여행을 다녀와서 시댁에 첫인사를 드리는데 어머니는 크게 혀를 차셨
다.

"공부 마이 한 아아들도 많드구마는!"

동서는 이 한마디에 첫날부터 시댁에서 기를 못 폈다고 한다.

둘째 아주버님은 수석으로 입사한 회사에서 그 오너 집안의 사윗감
으로 낙점되었다. 따님과 첫 만남을 가졌는데 아주버님은 신붓감이 영
마음에 들지 않았다. 특히 피부색이 마음에 들지 않았다고 한다. 이
일로 시댁에서는 작은 소동이 있었다. 보장된 미래를 포기하고 보스댁
의 청혼을 거절하기가 어려웠다. 신혼여행을 마치고 돌아와 시댁의 문
지방을 넘자마자 차가운 어머니의 음성이 들렸다.

"인물 좋은 아아들도 천지에 널렸드마는!"

어머니는 둘째 며느리도 단번에 기선을 제압하셨다. 그래서였을까.
둘째 동서는 고졸 출신인 한 살 위의 큰 동서에게도 평생 더없이 깍듯
이 대했다.

손아래 동서는 시누이와 같은 과 동기였는데 친구 집에 자주 놀러

갔다가 우리 시동생과 가까워졌다. 명문 여대 단과대학 퀸으로도 뽑혔던 동서는 부모님이 모두 일찍 돌아가시고 오빠 밑에서 자랐는데 이 때문에 시댁의 반대가 심했다. 넷째 며느리에게도 어머니는 일침을 놓았다.

"집안 좋은 아이들도 쌨드마는!"

두 시간을 달려 저녁 늦게 Rolla 시의 집에 도착했다. 아이를 안아서 방에다 재우고 거실에 좌정하신 어머니께 큰절을 올렸다. 어머니의 악명 높은 평판은 익히 알고 있었지만 나름의 자신도 있었다. 공부도 남들만큼 했고 그리 빠지지 않는 피부도 갖고 있다고 자부했다. 게다가 장인 장모님 모두 건재하신데 아무 문제 될 일이 없다며 남편은 나를 밀어주었다.

"느그 며느리들은 말키(모두) 내 앞에 엎드려 고마워해야 한다."

어머니의 제일성이었다. 느그 시부 박봉으로 육 남매를 대학까지 공부시킨 건 오로지 어머니의 공이라고 하셨다. 온 나라가 어려운 시절이기는 했어도 공직에서 은퇴하신 시부님의 박봉 스토리는 설득력에 다소 무리가 있었다. 학부 때 당신의 공로를 거듭 자찬하시는 것은 아들의 최종학위취득에 일등 공신인 셋째 며느리에게 전혀 고마울 것 없다는 의사 표시였다.

피곤해서 살짝 졸음이 쏟아지려는 찰나, 어머니의 음성이 천둥 치듯 들려왔다.

"목소리 고븐 아아들도 많드구마는!"

어머니의 기막힌 한 수에 남편은 하마터면 그 자리에서 박수를 칠 뻔했다고 훗날 털어놓았다.

어머니는 우리 집에 두 달 계시다가 귀국했고 그다음 다음 해에 서울에서 돌아가셨다. 학교 문전에도 못 가 보셨지만 타고 난 총기와 파평 윤문 출신이라는 자부심으로 고학력 며느리도 재벌가의 따님도 모두 휘어잡고 평생 사신 분, 함께 한 시간은 단 두 달이었지만 내게 강한 임팩트를 남기셨다.

몇 년 전에 갑상샘에 이상이 생겨 수술을 받았다. 그 후유증 때문인지 매끄럽지는 않아도 발성에는 문제가 없던 목소리가 많이 가늘어졌다. 갑상샘 수술 후 음성을 완전히 잃게 된 사례도 있다고 하니 그나마 감사하며 살고 있다.

흘러간 것들을 위하여

로마의 트레비 분수, 하와이의 레이(lei) 그리고 파리의 뽀앵 제로에는 특별한 이야기가 있다. 트레비 분수에는 뒤로 돌아서서 어깨너머로 분수 안으로 동전을 던지면 다시 로마로 돌아온다는 속설이 있고 하와이를 떠날 때는 작별 선물로 받은 꽃목걸이를 뱃전에서 던져 바다로 흘러가게 하면 다음의 하와이 방문이 이루어진다고 한다.

얼마 전 화재로 첨탑이 소실된 파리의 노트르담 대성당 정문 앞엔 인기 있는 포토 스팟이 있다. 뽀앵 제로(Point zero Des routes France)라는 동판인데 그것을 밟고 서서 사진을 찍으면 다시 파리에 돌아온다고 한다.

1990년대 초의 어느 해, 남편의 유럽 출장길에 함께 갔다. 파리 여행이 처음인 나는 꼭 가봐야 할 곳이 적힌 긴 목록을 갖고 있었고 노트르담 성당과 미라보 다리는 목록의 위쪽을 차지하고 있었다.

주민들이 대거 바캉스를 떠난 7월의 파리는 여행객들로 북적대었다. 노트르담 사원 뽀앵 제로 앞에는 여행 온 사람들이 사진을 찍기 위해 길게 줄 서서 기다리고 있었다. 줄의 맨 뒤에 가서 서자 남편은 뽀앵 제로 얘기는 다 미신이라고 하며 그냥 성당을 배경으로 사진을 찍자고 했다. 공무로 바쁘다고는 했지만, 그보다는 많은 사람과 함께 긴 줄에 늘어서서 사진을 찍는 것이 그는 멋쩍었으리라. 두 사람 함께 사진을 찍어 주겠다고 어느 관광객이 호의를 보였지만 남편은 못 들은 척 혼자 성당 주위를 서성이고 있었다. 나는 기어이 둥그런 동판 위에 혼자 서서 사진을 찍었다.

건축을 전공하지 않은 이공계 남자에게 노트르담 사원은 특별히 의미 있는 장소가 아니었겠지만 빅토르 위고의 〈노트르담의 꼽추〉의 자자구구(字字句句)가 기억 속에 선명하고 멀리 첨탑에서 주인공 에스메랄다의 비명을 환청인 듯 듣고 있던 불문학도의 '미신'을 남편은 이해해 주었어야 했다.

동판을 밟고 사진을 찍었기 때문인지 훗날 그곳에 그다음 해, 그리고 2001년 세 번을 더 갔다. 그 성당에서 황제 즉위식을 거행하기 위해 나폴레옹 1세가 성당 부근의 민가를 모두 정리하도록 명령한 덕에 주변은 널찍하게 구획되어 있었다. 어느 쪽에서 보아도 아름다웠지만, 성당의 뒷면은 정면보다 더 정교하고 웅장했다. 대관식을 위해 교황 비오 7세를 파리까지 오게 했던 나폴레옹은 황제의 왕관을 자기 손으로 직접 쓰고 황후의 관도 자신이 씌워 주었다.

루이 7세의 아이디어로 짓기 시작해 두 세기에 걸쳐 완공된 노트르담 사원은 프랑스인들의 성역이자 긍지였다. 그들이 그토록 사랑하는 '우리들의 마담(Notre-Dame de Paris)'의 화려한 왕관은 화염 속으로 사라졌다. 불타는 모습을 TV로 보면서 마치 내 개인사의 일부가 무너져 내리는 듯한 통증을 느꼈다.

성당을 나와 길옆 카페에서 남편과 늦은 점심을 먹은 후 택시를 타고 센 강 하류에 있는 미라보 다리로 향했다. 대학 시절, 학교 앞을 흐르는 대학천을 '세느 강'이라고 부르고 그 위에 놓인 다리를 '미라보 다리'라며 아폴리네르의 시구를 입에 달고 지내던, 그 꿈에 그리던 미라보 다리가 저만치 보였다.

"하필이면 왜 멀리 있는 미라보 다리로 가나? 그 다리 아래에만 센 강이 흐르는 건 아닌데" 남편의 말이었다. 꿈에 부푼 내겐 기가 막힌 억지에 불과했지만 나름대로 일리 있는 질문이었다. 지금 센 강을 보러 가는 게 아니고 아폴리네르의 시에 나오는 유명한 미라보 다리를 찾아가는 거라고 반박하자 남편은 또 "그 문제만 해도 그래. 센 강에 유명한 다리가 미라보 다리만 있는 건 또 아니거든." 번번이 그는 말다툼에서 이겼다.

센 강 상류의 퐁 뇌프 다리나 강물에 스칠 듯이 나지막하게 걸쳐 있는 알렉산더 3세 다리에 비해 강 위에 높이 떠 있는 미라보 다리는 평범해 보였다. 그러나 이곳에는 '이야기'가 있다. 파리 서부 오퇴이유에 살던 작가 기욤 아폴리네르는 이 다리를 건너 몽마르트르의 화실에 출입하던 화가 마리 로랑생을 만나 사랑했다. 사생아라는 공통점이 두 사람을 가깝게 했지만 불우한 처지가 또 이들을 갈라놓았다. 제1차 대전 직전 두 사람은 이 다리에서 이별했다. 사랑의 이야기와 시구는 평범한 다리를 명품으로 만들었다. 다리 한쪽에 아폴리네르의 시 〈미라보 다리〉가 동판에 새겨져 있다.

> Sous le pont Mirabeau coule la Seine Et nos amours.
> -미라보 다리 아래 세느가 흐르고 우리의 사랑도 흐르네
> Passent les jours et passent les semaines Ni temps passé
> Ni les amours reviennent!'
> -날이 지나고 세월이 가도 흘러간 시간과 떠난 사랑은 돌아오지 않네

마리 로랑생과의 가슴 아픈 추억은 〈미라보 다리〉라는 불후의 명작을 낳았고 아폴리네르는 다음 해 제1차 대전에 출정해서 다친 상처의 후유증으로 얼마 후 사망했다. 슬픔은 강물 위로 흘러가고 두 사람은 지금 파리 페르라세즈 공동묘지 서로 멀지 않은 곳에 잠들어 있다.

20여 년이 지나 몇 해 전에 다시 미라보 다리를 찾았다. 강물은 여전히 흐르고 있었고 아폴리네르와 마리 로랑생도 거기 여전히 있었다.

다리 난간에 무심하게 서 있던 남편의 모습은 이제는 내 가슴속에 그리움만으로 남아 있다.

Vienne la nuit sonne l'heure/s'en vont je demeure.'
-밤은 가고 시간을 알리는 종은 울리고 세월은 가고 나는 남아 있네.

루비콘강과 최후통첩

이탈리아 중부 아펜니노산맥에서 발원하여 아드리아해로 흘러 들어가는 루비콘강은 총길이가 80km에 불과하다.

이 작은 강이 세계적으로 유명해진 배경에는 지울 수 없는 역사적 사실이 있다. 고대 로마 시대의 집정관이 해외 원정을 마치고 돌아올 때는 자신의 군대를 이 루비콘강 북쪽에 두고 단신으로 로마로 들어가야 했다. 그렇지 않고 자신의 군단을 그대로 끌고 루비콘강을 건너면 그건 바로 반란을 의미했다.

기원전 49년, 갈리아 원정을 마치고 로마로 귀환하던 줄리어스 시저는 원로원의 폼페이우스가 자신을 암살하려는 것을 눈치챘다. 신변의 위협을 느낀 시저는 자신의 군대를 그대로 이끌고 로마로 들어가 정적들을 제거했다.

그는 강을 건너기 전 '주사위는 던져졌다.'라는 유명한 말을 남겼는데 이는 이미 사태가 돌이킬 수 없게 되었다는 의미인 동시에 상대방에게는 최후통첩을 날린 것으로 볼 수 있다.

영어에 이와 비슷한 의미로 쓰이는 얼티메이텀(ultimatum)이라는 단어가 있다. 요즘 이 말은 국제 사회에서 너도나도 자주 쓴다. 그런데 이 최후통첩이라는 말은 상대적으로 강자가 약자에게 쓸 때 그 효력이 나타난다. 쥐가 고양이에게 '너 언제 어느 날까지 내가 하라는 대로 하지 않으면 가만 안 두겠다' 하면 그건 단순한 협박에 그칠 뿐이다.

이런 의미의 표현에는 유독 강의 이름이 많이 쓰인다. 얼마 전에 어느 글에서 '그 일은 이미 요단강을 건넜다'라는 표현을 쓴 걸 읽은 적이 있다. 루비콘강을 건넜다는 표현이 너무 흔하고 요즘은 남녀가 갈 데까지 갔다는 뜻으로도 쓰이고 있어서 식상하던 참에 이 표현이 눈길을 끌었다.

한나라 명장 한신은 배수진을 치고, 즉 더는 물러날 곳이 없는 강을 뒤에 두고 전쟁을 치러 막강한 조나라를 물리쳤다.

그리스 신화에는 사자가 최후에 건너게 된다는 레테의 강이 있다. 이 강물을 마시면 이승의 일은 다 잊게 된다고 하여 세상을 떠나는 무수한 사람들이 이 강에 배수진을 치고 그 물을 마시지 않으려고 몸부림을 친다고 한다.

우리 민족에게도 이런 뜻의 단어가 있을듯하여 검색해 보았는데 찾을 수 없었다. 그 많은 강, 어느 하나에도 그런 의미가 붙은 곳은 없었다. 궁지에 몰린 상대에게 시한을 정해 더욱 곤란한 처지에 빠트리지 않으려는 우리 민족의 착한 심성 때문일까, 그도 아니면 그토록 극한 상황에 몰렸던 역사가 아예 없었던 것일까. 6·25동란 중에 우리가 낙동강에 배수진을 칠 수 없었다면 전쟁의 양상은 많이 달라지지 않았을까 생각해 본다.

대학에 입학하던 첫해, 여름 방학에 시골집으로 내려갔는데 캠퍼스에서 알고 지내던 몇몇 남학생이 편지를 보내왔다. A는 두어 번 편지를 보냈고 B는 답장이 없는데도 석 달 내내 꾸준히 문안 편지를 보냈다. 반면에 C는 9월 초까지 답장이 없으면 우리는 끝이라는 최후통첩을 보내왔다. 개학해서 캠퍼스에서 마주쳤을 때, A와 B와는 다시 반갑게 인사를 나누었지만, C와는 끝내 불편하게 지냈다.

요즘 12월 말로 시한이 정해진 어느 독재국가 지도자의 반복되는 최후통첩을 대할 때마다 C가 생각난다. 참으로 어이없다.

마지막 수업

독일과 프랑스 국경지대에 위치한 알자스와 로렌지방은 오랜 세월 동안 두 나라 갈등의 원인이 되어 왔다. 여러 세기 동안 독일 영토였던 이곳은 '30년 전쟁'으로 프랑스 땅이 되었다가 '보불 전쟁'에서 승리한 독일이 빼앗았다. 제1차 세계대전 후에는 다시 프랑스 영토가 되었고 1941~1944년 동안에는 히틀러의 독일이 점령했다가 제2차 세계대전 이후 프랑스령으로 남아 있다.

프랑스로서는 이 지역이 국내에 몇 안 되는 중요 석탄 매장지이고 독일은 젖줄인 라인강 유역 이 지역을 넓게 확보하려 한다. '보불전쟁' 은 오랜 세월 분열되어 있던 독일이 통일되어 프랑스에 당했던 치욕을 갚아 준 전쟁이다. 이 전쟁에서 나폴레옹 3세는 독일에 포로까지 되었고 승자인 빌헬름 1세는 '프랑크푸르트 조약'을 자국 땅이 아닌 적국의 심장부 베르사유 궁전에서 체결하며 프랑스의 자존심을 여지없이 짓밟았다.

〈마지막 수업〉은 이 무렵 프랑스 작가 알퐁스 도데가 쓴 단편 소설이다. 알자스 소년 프란츠는 공부 시간에도 새 둥우리를 찾으러 쏘다니고 강에 나가 미끄럼을 타며 놀고 싶은 개구쟁이다. 그날도 프란츠는 학교에 지각했는데 여느 때 같으면 수업이 시작될 무렵에는 길에서도 들릴 만큼 왁자지껄 시끄러운데 그날은 일요일처럼 조용하고 학교 전체가 알 수 없는 긴장에 싸여 있었다.

바로 그날 정오부터 알자스와 로렌지방에서는 프랑스어를 가르칠수 없다는 훈령이 베를린에서 내려온 것이다. 제재소 뒤쪽에 있는 목장에서 점령국 프로이센 군인들이 훈련하는 소리에도 아무런 느낌도 의식도 없던 철부지 프란츠는 오늘이 프랑스어 마지막 수업임을 알고 그동안 게으름 부린 것을 크게 후회한다.

도데는 이 글에서 아멜 선생의 입을 빌어 "프랑스어는 세계에서 가장 아름답고 표현력이 뛰어난 언어다. 잘 간직하여 잊지 말아야 한다. 한 민족이 남의 식민지가 된다고 하더라도 자기 말을 잘 지키면 손에 감옥의 열쇠를 쥐고 있는 것과 마찬가지다"라고 말한다. 프랑스 사회에 반 독일 정서가 극에 달했던 그 무렵, 그의 애국심과 자국어에 대한 자긍심과 애착이 잘 나타나 있는 명작이다.

이 작품은 러시아가 점령한 폴란드에서 어린 시절을 보낸 마리 큐리의 일화를 생각나게 한다. 폴란드 문화와 언어를 가르치는 것이 금지

된 학교에 어느 날 러시아 장학사가 불시에 들이닥친다. 폴란드 선생님은 뛰어난 생도인 마리를 지목했고 그녀는 굴욕감을 억누르며 장학사가 원하는 러시아 차르의 족보를 외운다.

도데는 〈마지막 수업〉과 〈별〉을 위시해 시적 정서가 넘치는 단편을 여러 편 썼다. 그의 작품에는 간결한 문체와 탁월한 심리묘사로 그려낸 인간을 향한 따뜻한 시선과 서정성이 녹아 있다.

가까이 지내던 에밀 졸라와 함께 자연주의파에 속했지만 섬세한 시인 기질과 민감한 감수성을 갖고 있던 도데는 같은 애국심과 민족의식이 강한 글이면서도 졸라가 〈나는 고발한다〉를 발표한 반면 그는 〈마지막 수업〉을 썼다.

정오를 알리는 종이 울리자 아멜 선생은 돌아서서 칠판에 커다란 글씨로 썼다.

'VIVE LA FRANCE' (프랑스 만세)

그리고 머리를 벽에 기대며 손짓한다. "다 끝났다. 돌아들 가거라."

제목과 더불어 글 전체의 주제를 하나로 묶은 작품의 백미다.

슬픈 외국어

무라카미 하루키의 표현대로 '슬픈 외국어'가 나를 슬프게 한다. 전공으로 선택한 프랑스어와 미국의 언어인 영어다. 프랑스어는 끊임없는 연구와 조탁(彫琢)으로 주옥같은 언어를 탄생시켰다. 세상에서 가장 아름다운 문자라는 영예를 안았고 손 본 만큼 그 탁월함과 섬세함에 있어 다른 어떤 문자도 따라올 수 없는 수준이지만 그만큼 까다롭고 복잡한 언어다.

영어는 25세에 미국에 첫발을 들여놓은 때부터 내 일상 언어가 되었다. 니체는 외국어란 20%만 이해하면 충분하다고 했지만, 일상 언어가 되려면 그 정도로는 부족하다. 프랑스어가 조금 되니 영어도 덤으로 될 줄 알았는데 두 언어의 차이는 북해와 대서양을 잇는 '영불해협'의 깊이만큼 다르다.

지난 크리스마스 무렵이었다. 언니들에게서 연락이 왔다. 조카들이 생일 선물로 안경을 바꿔 준다고 한단다. 내가 운전기사로 차출되었다. 바꿀 안경 브랜드는 최고급 '칼체'라고 했다. 칼체? 처음 들어보는 브랜드였다. 편한 바지에 헐렁한 티셔츠를 걸치고 두 집을 돌며 한껏 성장한 언니들을 픽업해서 안경원으로 향했다.

큰 언니 교회 장로님이라는 안경원 주인은 안경알처럼 매끈한 인상이었는데 갑, 을을 알아보는 능력이 탁월한 것인지 모자라는 것인지 두 언니에겐 45도, 내겐 15도로 인사한다. 나도 엄연한 고객인데, 옷차림에 신경 좀 쓸 걸, 후회가 되었다.

한눈에 보기에도 고가로 보이는 안경 샘플들을 조심스럽게 꺼내 놓으며 안경점 주인은,

"가르테는 워낙에 이렇고 저렇고…" 한다.

가르테라니? 칼체에 가르테까지? 나도 모르는 최신 유행이 그새 두 개나 생겼다는 말인데, 궁금해서 참을 수가 없었다.

"이거 혹시 까르띠에 아니예요?"

"네, 가르테 맞습니다."

작은 언니가 내 허벅지를 꼬집는다. 프랑스어 좀 한다고 나서지 말라는 뜻이다. 하지만 엄연한 까르띠에를 칼체니 가르테니 하는데 그냥 넘어갈 수 없다. 프랑스어 공부를 따로 할 필요까지야 없겠지만 그 물품을 원산지에서 수입, 판매하는 업주라면 최소한 그 브랜드의 원명은 정확히 발음해야 한다고 생각했다. 언니들의 프랑스어 혐오증은 그날

도 여전했다. 언니들이 유창하게 구사하는 일본어에 대한 내 혐오증 못잖다.

손자가 세 살을 조금 넘겼고 손녀가 갓 돌이 지났을 때, 동부에 살던 딸네가 친구 결혼식에 참석차 LA에 왔었다. 결혼식은 LA에서 동쪽으로 조금 떨어진 작은 도시에서 있었는데 딸 내외는 결혼식장에서 멀지 않은, 놀이터 시설이 있는 맥도날드 식당에 나하고 아이들을 내려놓고 식장으로 향했다. 식당엔 백인 손님들만 드문드문 자리를 차지하고 있었다. 손녀는 앉아 있는 유모차에서 한순간도 시선을 떼지 않고 나와 눈 맞춤을 하고 있었고 손자는 맥도날드 놀이터를 쉴 새 없이 오르락내리락하며 놀았다.

30분쯤 지났을까, 혼자 미끄럼틀을 타며 놀던 손자가 갑자기 밖으로 뛰쳐나갔다. 밖은 차도였다. 깜짝 놀라 자리에서 벌떡 일어나는 순간 손녀가 유모차에서 울음을 터뜨렸다. 위험하게 몸을 움직일 손녀 때문에 지체하는 사이 한 남자가 자리에서 일어나 천천히 손자를 따라 나갔다. 그 순간이었다. 남자의 부인으로 보이는 여자가 다급하게 소리쳤다.

"GO GET HIM!"

영어가 그토록 아름다운 언어인 것을 그날 처음 알았다. 싫다고 발버둥 치며 우는 손자를 남자가 땀을 흘리며 안고 들어왔다. 얼이 반쯤 나간 내가 아이들을 달래며 생각지도 못했던 한국말이 튀어나왔다.

"감사합니다."

50세가 넘어서 띄어쓰기와 문법을 거의 잊어버린 한국어로 글을 쓰게 된 것도 슬프다. 수시로 바뀌는 우리 국어 맞춤법은 IKEA의 가구 조립 설명서처럼 여간해서 익숙해지지 않아서 슬프다. 하늘에 닿으려고 바벨탑을 쌓는 인간을 벌하려고 인간의 언어를 흩어 놓으신 조물주께 항의할 언어를 갖고 있지 않아서 또 슬프다.

3 : 다름을 인정하기

닫히는 문, 열리는 문

커피를 내려 머그잔에 부어 들고 거실로 향했다.

갑자기 몸이 휘청하며 들고 있던 잔을 떨어뜨렸다. 흰 카펫이 갈색으로 범벅이 되고 발에도 커피가 튀어서 발등이 따끔거렸다. 새벽에 배달되는 일간지를 넣었던 비닐봉지를 집안의 내 동선에 그대로 방치했던 게 원인이었다. 무뎌져 가는 몸의 균형감각도 한몫했으리라.

해가 바뀌며 네 가지를 결심했다. 하루에 한 시간 이상 걸을 것, 커피를 하루에 두 잔으로 제한할 것, 사흘에 책 한 권을 읽을 것, 일주일에 시 한 편씩을 외울 것, 한 가지를 더 추가했다. 넘어지지 않도록 조심할 것이 그것이다.

누군가의 말처럼 인생의 끝에 청춘이 시작되면 좋겠다고 생각해 본다. 가장 젊은 얼굴로 죽음을 맞이하고 나이 들어 편안한 얼굴로 젊은 날을 보낸다면 어떨까. 해마다 주름이 늘어가는 대신 점점 줄어드는 주름살, 참으로 살맛 나는 노년이 아닐까.

연초에 동갑인 바깥사돈의 와병 소식이 들려와 걱정이고 해가 바뀌어도 조금도 나아지지 않는 고국의 정정도 안타깝다. 선거를 앞둔 우리나라의 날고뛰는 무림의 고수들은 서슬 퍼런 필봉(筆鋒)을 휘두르고 가시 돋친 설봉(舌鋒)을 주고받으며 일마다 대결한다. 그런데 그들 문제의 중심에 선 인사들이 굿 가이거나 배드 가이거나 거의가 유수한 대학 출신들인 사실에 놀란다. 그중에서도 지금 대한민국을 주무르고 있는 인사들은 유명 혹은 오명에 상관없이 거의 법을 공부한 사람들이다.

거짓말을 한 번 하면 지탄받고, 한 권하면 작가가 된다고 하는데 한 국가를 경영하려면 그토록 많은 거짓말을 해야 할까. 그토록 순수하던 진리의 상아탑이 세월이 흘러 '상한 탑'이 되었다는 것인가.

바깥사돈이 사경을 헤매고 있다. 두 번이나 암을 이겨냈지만 이젠 체력이 바닥난 듯하다. 딸네는 지난 크리스마스 휴가도 동부 시댁에 가서 지냈고 사위는 지금도 회사에 결근하며 아버지 곁을 지키고 있다. 바깥사돈은 전공은 다르지만 나와 모교 동기다. 인생의 출발점을 같은 시간대에 시작한 이가 꺼져가는 생명의 불꽃을 간신히 잡고 있어 참으로 안타깝다.

오늘 낮에 딸이 와서 내 검정 정장을 빌려 갔다. 딸은 아이들 상복도 준비하고 있다. 이 엄동에 어린 손주들을 같이 보낼 일이 걱정이다.

지난겨울 성탄 휴가를 보내고 집으로 돌아올 때만 해도 웃으며 손을 흔들던 할아버지가 그동안 20 lbs 가까이 체중이 내렸다니 그 마지막 모습이 아이들에게 트라우마로 남지는 않을까. 그 댁에 손주라고는 우리 데이비드와 엘리스 둘뿐인 것이 안쓰럽다.

데이비드는 지난가을 중학교에 진학했다. 동네 초등학교에서는 우수했지만, 경쟁이 심한 유명 중학교에서도 그 수준을 유지할 수 있을까 염려했는데 첫 트라이매스터에 보란 듯이 올 A 성적표 위에 교장의 상장을 얹어 갖고 왔다.

손자는 힘찬 출발을 했는데 바깥사돈의 생명은 사위어 가고 있다. 활짝 열리는 문 저편으로 서서히 닫히고 있는 또 하나의 문.

낙조 속으로 저문 해가 스러져 갈 때, 하늘은 이미 아침 해를 품고 있었나 보다.

아침의 코러스

아침 8시, 찰스네 아이들이 또 짖기 시작한다. 송아지만 한 래브라도 리트리버, 국적이 아리송한 금발의 중형 누렁이와 작지만 제일 극성맞은 슈나우저의 합창이다.

이곳 E시의 교외 단지로 이사 온 지 일주일, 아침마다 8시가 되면 건너편 아래층 발코니에서 코러스가 시작된다. 30분이 지나 주인 찰스가 애들을 데리고 나가면 조용해지는데 강아지 산책을 8시에 시작하던가 꼭 8시 30분에 맞춰서 나가야 할 사정이 있다면 그때까지 집안에 가두어 두어야 할 것이다.

관리 사무실에 전화로 항의했다. 애들이 짖는 시간을 듣더니 취침 시간이 아니기 때문에 뭐라고 못 한다는 대답이다. 난 그 시간이면 집안 창문을 모두 열고 아침 청소를 하는데 저 삼중창을 매일 정확히 30분씩 들어야 할까. 소리도 제각각이다. 웍웍, 왕왕왕 큰애들이 선창하면 한 옥타브쯤 높게 슈나우저가 아악 아악 내지른다. 저들 족속에게 유별난 애정이 있는 내 성향을 부정할 수 없지만 저런 아카펠라 불협화음은 스리 테너가 부른다 해도 못 들어 준다.

생각 끝에 직접 해결해 보기로 했다. 옷을 잘 차려입고 애들이 한창 악을 쓰고 있는 일 층 발코니로 내려갔다. 영감이 얼굴을 내민다.

"애들한테 무슨 문제 있니?" 최대한 정중하게 물었다.

"아니, 아무 문제 없어. 그냥 흥분해서 그러는 거야. 넌 개 안 키우니? 여긴 집집이 거의 다 개가 있어." 그러니까 그러려니 하라는 소리다.

"그래? 난 애들한테 무슨 문제가 있는 줄 알았어. 내 친구가 유명한 수의사인데 소개해 줄까 했지."

내 또래에 아직 은퇴하지 않은 수의사가 있을까 싶었지만, 기왕에 빼든 칼이다. 10분가량 너스레를 떨고 애들한테 손까지 흔들며 돌아 나오는데 혹시 총을 갖고 있을지도 모른다는 생각에 뒤통수가 서늘했다.

다음 날 아침 8시, 대, 중, 소가 모두 조용하다. 얼핏 내려다보니 발코니에 아무도 없다. 30분이 지나자 아래층이 우렁수렁하더니 발코니에도 있는 출입문을 두고 앞쪽 현관문을 통해서 모두 나간다. 작전이 성공했구나, 했는데 며칠 후부터 아래층 발코니는 산책하러 나가기 전 흥분한 아이들과 애들의 엉킨 목줄을 고르며 그들을 제지하는 영감의 한층 높아진 고함으로 상황은 전보다 더 나빠졌다.

얼마 후, 그들의 딱한 사정을 알게 됐다. 영감의 부인은 의료 시설에 있었다. 정원이 있는 주택에서 살다가 부인의 병이 깊어지자 집을 처분하고 시설에서 가깝고 도그 파크가 있는 우리 단지로 이사 왔다고 했다. 큰 애들은 태어나서부터 영감이 기르던 애들이고 슈나우저는 재혼한 부인의 애견인데 부인을 하루라도 안 보면 못 견딘다고 한다. 새벽부터 병원에 가자고 조르는 슈나우저가 감당이 안 돼서 나가기 전에 잠시 발코니에 내어놓으면 그렇게 또 짖는 거란다. 8시 30분에 단지 내에 있는 도그 파크에 가서 운동시키고 10시 면회 시간에 맞춰서 넷이 매일 병원에 다녀온다고 한다.

딱했다. 뜰에서 맘껏 뛰어놀던 아이들이 좁은 실내에 종일 갇혀 지내려니 얼마나 답답할까. 매기 생각이 났다. 매기는 태어난 지 두 달 만에 내게 와서 삼 년을 살다 간 페키니즈다. 아침에 눈을 뜨면 녀석은 제 목줄을 물고 와서 산책하러 나가자고 졸라댔다. 세 번째 캄보디아 선교를 떠나게 되어서 짐을 싸던 날, 매기는 샐쭉해서 창고 방 가구 밑으로 들어가 버렸다. 아무리 달래도 나오려 하지 않았다. 캐리어의 크기로 상당 기간 내가 집을 비울 것을 알았기 때문이다.

그동안 매기를 돌봐 줄 집안 동생이 와서 데리고 갔고 그 집을 나가서 다시 돌아오지 않았다. 전단지를 뿌리고 유기견 보호 시설들도 훑었지만 매기의 흔적은 어디에도 없었다. 그날, 동생에게 안겨 집을 나서며 나를 보던 녀석의 원망 어린 눈망울이 잊히지 않는다.

저녁 무렵에 산책하면서 보니 도그 파크 안이 사람 반 멍멍이 반이다. 직장에서 돌아온 견주들이 애들을 운동시키려고 데리고 나온 것이다. 그 울타리 안에서는 애들은 신기하게도 짓지 않는다. 실내에서 종일 지내던 아이들은 파크 안을 신나게 뛰어다니며 제 주인이 던지는 공을 눈여겨보다가 재빨리 달려가서 물어 오는 일을 반복한다.

울타리 밖으로 빨간 공 하나가 굴러 나왔다. 애들 두엇이 달려오더니 좁은 철책 사이로 코를 내밀며 공을 물려고 애쓴다. 손으로 공을 집어서 파크 안으로 던져주었다. 큰 놈은 공이 날아가는 방향 따라 달려가는데 작은 녀석은 그 자리에서 나를 보고 고개를 갸웃거리며 알은 척한다. 자세히 보니 찰스네 슈나우저다. 엄마와 풀 잔디 위를 달리며 놀던 때가 그리운 가엾은 슈나우저!

그 무렵이었던 것 같다. 아침의 코러스가 조금 다르게 들린다. 스리테너와는 비할 수 없지만 '스리 도그' 앙상블도 크게 귀에 거슬리지 않는다.

집단 면역을 기다리며

예약했던 첫 백신 접종 일이 캘리포니아에 불어닥친 강풍 때문에 이틀 뒤로 연기되었다. 어렵게 1월 19일로 내 예약 날짜를 잡았던 딸아이는 고작 이틀 늦어진 것도 불안해하는 기색이다. 딸을 위로하며 슬며시 회심의 미소를 지었다. 이틀 차이로 난 전임 대통령이 아닌 새 대통령 치하에서 백신을 맞는 국민이 되었기 때문이다.

바이든 대통령이 취임 후 첫 주일, 성당에 다녀오는 길에 백악관 부근 베이글 가게에서 베이글 샌드위치를 직접 사 갔다는 훈훈한 뉴스를 들었다. 바이든 대통령은 부통령 시절에도 당시의 오바마 대통령과 함께 백악관 인근 지금은 문을 닫은 Ray's Hell Burger 가게에서 각자 음식값을 내고 햄버거와 음료수를 사서 점심 식사를 한 적도 있다. 미국 국민은 어떻게 현직 대통령과 부통령에게서 당당하게 햄버거값을 받을 수 있을까. 그들이 부럽다.

40여 년 전, 중부의 소도시에서 공부할 때다. 어느 주말 아침, 학교에서 연락이 왔다. 한국에서 온 여행객이 있는데 안내해 줄 한국인을 찾고 있으니 우리 부부가 해줄 수 있겠느냐고 했다. 관광 명소인 샌디아 마운틴에서 타오까지의 일정을 허름한 우리 차로 온종일 돌아다녔다.

그런데 의외인 점은 어느 시설, 어느 식당에 가도 그 정치인은 돈을 내지 않았다. 옆의 비서도 지갑을 열지 않기는 마찬가지였다. 그들과 하등의 이해관계가 없던 우리는 비용을 나중에 몰아서 주려나 했다. 그들 일행은 식삿값은 물론 여러 곳의 입장료까지 가난한 유학생에게 짐 지우고는 흡족한 표정으로 명함 한 장을 내밀고 떠났다. 명함에는 누구나 알만한 도지사 직함이 찍혀 있었다.

대통령과 부통령이 일반 서민들처럼 자기 돈을 내고 평범한 식당에서 식사하는 것은 미국에서는 대단한 뉴스는 아니다. 전의 어느 대통령보다 바이든 대통령은 서민적인 풍모를 보인다. 그래서인지 그런 대통령 치하에서 백신을 맞은 것은 행운임이 틀림없지 싶다.

4주 뒤로 예약된 두 번째 백신 접종 일이 또 연기되었다. 이번엔 미 전역에 불어닥친 한파로 백신의 국내 배달이 지연된 때문이다. 다시 안절부절못하는 아이들에게 이젠 접종 일에 맞춰 바꿔치기할 대통령이 없으니 어떡하냐고 너스레를 떨었다.

우여곡절 끝에 두 번째 접종을 마친 날, 아이들은 작게라도 파티를

하고 싶어 했지만 사양했다. 창창한 아이들 차례는 아직 멀었는데 살 날이 짧은 노인이 먼저 귀한 백신을 차지한 것이 미안했다. 고대하던 백신 접종을 마쳤지만, 따로 할 일은 없었다. 그동안 교제하며 왕래한 주위의 친지가 대부분이 연하여서 태반이 코로나 안전지대에 여태 한 발짝도 들여놓지 못했기 때문이다.

오래전에 오렌지 카운티에서 일어났던 대형 화재 사건이 기억난다. 가옥 수십 채가 전소된 가운데 단 한 채만 화마를 피했다. 주인이 집의 내부와 외부 모두를 특수 단열재로 철통 방비를 해 놓았기 때문이라고 했다.

그가 집을 새로 지었는지 그곳에서 눌러살았는지 모르겠지만, 사방이 온통 전쟁터처럼 까맣게 타 버린 잿더미 속에서 그가 행복한 나날만을 보내지는 못했지 싶다. 집단 면역이 속히 이루어지기를 간절히 소망한다.

백 시트 드라이버

자동차 여행을 자주 한다.

한국에 사는 동생의 LA 방문에 맞춰 이곳 네 자매가 시간을 낸다. 2박 3일의 짧은 일정이라도 차 점검은 철저히 한다. 두 형부와 두 제부의 보이지 않는 염려의 시선이 느껴지기 때문이다. 게다가 일행 중 한 분이 누구도 못 따라갈 '백시트 드라이버(backseat driver, 운전할 때 잔소리하는 사람)' 이기에 긴장을 늦출 수 없다. 서열상 그분의 자리가 운전하는 내 옆자리라서 더 신경이 쓰인다. 차가 출발하는 순간부터 조는 시간을 제외하곤 기사의 움직임 하나도 놓치지 않는다.

간섭은 로컬 길에서부터 시작된다. 좌우 회전은 말할 것도 없고 프리웨이를 타기 위해 차선을 바꿔야 할 시점까지 지시한다. 깜빡이를 일찍 켜도, 조금 늦게 켜도 한 소리 듣는다. 수시로 속도계를 체크하다가 바늘이 조금만 넘어가면 그 즉시 티켓 감이라며 왕창 감점한다.

출발할 때의 소란과 흥분이 가시고 내 고교 후배인 큰동생의 동창회 이야기, 서울 소식 시리즈가 끝나갈 무렵이면 살짝 졸음이 온다. 뒷좌석을 보니 모두 반수면 상태다. 내 어깨를 두드려서 잠을 쫓아 줄 승객은 보이지 않는다. 하는 수 없이 차를 길옆에 세우는 순간 그분의 일성에 잠이 달아난다. 무슨 일이냐? 화장실 가려고. 졸려서 차를 세웠다고 하면 그때부터 시작되는 긴 강의를 피할 수 없다. 나 젊었을 때는 스물네 시간 꼬박 달린 적도 있다. 젊은 애가 왜 그 모양이냐, 점심시간에 맞춰서 그 식당에 도착하려면 서둘러야 한다고 재촉하면 조금 전까지도 몰랐던 일정에 맞추기 위해 난 다시 운전대를 잡는다.

목적지에 도착해서 가스를 넣기 위해 주유소에 들어간다. 내 차의 가스탱크는 차의 오른쪽 후미에 있는데 그분이 어찌나 확신에 찬 어조로 명령하는지 차주인 내가 그만 차의 왼쪽에 있는 가스 펌프에 차를 갖다 대고 말았다. 뒷자리에 앉은 동생들이 뒤로 넘어갔다.

남의 차에 편승할 때는 누구나 조금은 불안하지만 그렇게 일일이 좌우를 살피며 운행에 끼어들면 운전자는 혼란에 빠지게 되고 오히려 안전 운행에 방해가 된다. 그래서 백시트 드라이버란 말도 생겨나고 사공이 많으면 배가 산으로 간다고 하는 것이 아닐까.

삶의 무대에서는 상황에 따라 주연과 관객의 역할이 따로 주어진다. 그 역할은 최선의 길이 있다고 여겨지는 그곳을 향해 오래 대본을 익히고 무대에서 연습하고 그 순간 최고치로 몰입하는 주인공이 가장 잘할 수 있다. 그 결과가 기대에 다소 못 미치더라도 쏟아부은 노력과 그의 한계를 인정하고 이해해 주어야 한다.

1·4후퇴 당시 우리가 탄 남쪽으로 가는 피란 열차는 수시로 가다 서다 했다. 기차가 서면 그분은 재빠르게 피란 짐꾸러미에서 냄비와 쌀을 꺼내 석탄을 때서 움직이던 기관차로 달려갔다. 거기서 뜨거운 물을 얻어 쌀을 씻고 나뭇가지를 주워 모아 밥을 지었다. 기차의 화부들은 조그만 처녀가 선로 옆에서 밥 끓이는 광경을 신기한 듯 구경하다가 탄가루를 조금씩 흘려주기도 했다고 한다. 정차한 열차 부근에 농가가 보이면 뛰어가 쌀을 가마니째 사서 짊어지고 객차로 돌아오기도 했는데 우리 동생들은 그사이 기차가 출발할까 봐 발을 동동 굴렀다.

아버지는 사정이 있어 미리 피신하셨고 어머니는 세 살짜리 막내를 돌보느라 큰아이들에게는 신경 쓸 겨를이 없었다. 그분 덕분에 우린 피란 길에서도 전쟁통에도 끼니를 거른 적이 없었는데 쌀가마니가 좁은 피란살이 단칸방 한쪽을 차지하고 있다고 철없이 불평하던 기억이 난다.

처음으로 내게 운전을 가르쳐준 이가 생각난다. 노동절 연휴에 결혼식을 하고 그의 학교가 있는 도시로 갔다. 캘리포니아에선 볼 수 없었던 미국 중부 소도시의 가을은 눈부시게 아름다웠지만, 남편은 학위 준비로 바빴고 그가 차를 갖고 나가면 낯선 도시에서 종일 집안에 갇혀 지내야 했다. 어느 날 저녁, 그는 부근의 한 텅 빈 주차장으로 차를 몰더니 내게 핸들을 넘겼다. 그렇게 매일 밤 운전 연습이 시작되었고 그는 프리웨이를 오갈 정도로 내 운전이 능숙해질 때까지 곁에서 지켜보기만 했다. 서툰 솜씨로 후진할 때도 좌우를 살피지 않고 운전대를 잡은 내게 모든 걸 맡겼다. 자신이 운전 중일 때, 옆의 차가 끼어들거나 급히 추월해도 화내는 모습을 본 기억이 없다.

"그럴만한 이유가 있을 거야."

그는 여성 운전자에게는 더 관대했는데 그녀들에게는 그럴만한 이유가 배스킨라빈스의 아이스크림 가짓수보다도 많다는 것을 이해해야 한다고도 했다.

비가 오던 날, 프리웨이를 달리는 중이었다. 어스름 녘에 장대비 사이로 시야도 그리 좋지 않았다. 갑자기 커다란 개 한 마리가 차 앞으로 뛰어들었다. 그는 급히 속력을 줄였지만 차는 눈 깜빡할 새에 건너편 차선까지 미끄러졌다. 너무 놀라서 비명도 지르지 못했는데 그의 입에서 품위 없는 한 마디가 나올 줄 알았지만, 이때도 그는 역시 침묵했다. 오래전 일이다.

지금도 차를 타면 인생의 교사이자 롤 모델이었던 그가 곁에서 지켜보던 모습이 그립다.

다름을 인정하기

산책을 나섰다. 차도 건너에 있는 나지막한 구릉을 한 바퀴 돌아올 작정이다. 집에서 차도 어귀까지 이어지는 작은 오솔길에 들어섰다. 길 양옆으로는 잔디밭이 있고 어른 셋이 어깨를 나란히 하고 걸으면 꽉 차는 폭이 좁은 보도다.

그 길에서 맞은편에서 걸어오는 세 사람과 맞닥뜨렸다. 화려한 차림의 여인이 가운데서 걷고 양쪽에 두 명의 장정이 호위하듯 좁은 길을 막고 천천히 걸어왔다. 두 발짝 정도로 거리가 좁혀졌는데도 양쪽의 어느 장정도 뒤로건 앞으로건 비켜서는 기색이 없다. 일렬횡대를 그대로 유지하며 코앞까지 다가왔다. 나는 잔디 쪽으로 내려서지 않고 왼쪽 남자의 어깨와 부딪치며 그대로 직진했다. 잔디밭으로 물러날 줄 알았던 나이 든 아시안과 심하게 어깨를 부딪쳤는데도 그들은 소리 없이 지나쳐 갔다. 자신들의 잘못이 분명했기 때문이다.

지난 6일, EPL 토트넘과 크리스털 팰리스의 경기가 런던에서 열렸다. 경기가 거의 끝나가는 무렵에 손흥민 선수가 교체되어 토트넘 벤치 쪽을 향해 걸어 나오는데 팰리스 응원석에서 한 팬이 손 선수를 향해 눈 찢기를 했다. 이 장면은 고스란히 카메라에 잡혔다.

팰리스가 0:1로 지고있는 상황이었지만, 그렇더라도 있을 수 없는 팰리스 팬의 행동이었다. 자신들의 홈도 아닌 토트넘 구장에서 상대 팀이 자랑해 마지않는 그 팀의 에이스를 향한, 웬만한 배짱 없이는 할 수 없는 행동이었다. 그 사람도 축구를 즐기고 홈 팀을 사랑해서 타 구단까지 원정 경기를 보러왔을 터이다. 소속팀과 관계없이 그리고 승패를 떠나서 한 뛰어난 축구인에 대한 조금의 경외심도 엿보이지 않는 선을 넘은 행태였다.

인종차별을 당하면 즉시 거기에 맞서거나 그런 잘못된 구조를 지원하는 시스템과 싸우는 것은 개개인의 책임이 아니라고 한다. 그것이 끼치는 영향에 대처하는 방법을 연구하고 그 대책을 강구해 나가는 것이 중요하다고 한다. 그리고 자기 관리와 자기애(自己愛)는 인종차별을 없애는 최고의 방법이 될 수 있다는 것이다. 손 선수는 무심한 듯 지나치며 문제의 팬이 앉은 자리를 눈여겨보는 듯했고 곧 그 좌석 번호를 주최 측에 알려 합당한 조처를 하도록 했다고 한다.

불현듯 인종차별 논란으로 호되게 신고식을 치른 젊은 날의 기억이 떠올라 얼굴이 붉어진다. 공부를 마치고 우리는 중부의 한 대학에 재직하게 되었다. 이공계가 주축인 학교 성격상 학교 구성원은 외국계가 많았고, Faculty and Staff 보드에서는 자주 모임을 주최하며 그때마다 각국의 고유 의상을 입고 나오기를 권했다.

그날은 자녀를 동반한 여성들만의 친교 모임이 있는 날이었다. 한복을 차려입고 세 살 된 앤드루에게 털이 보송보송한 노란색 반코트를 새로 사 입혀 데리고 갔다. 실내에 들어가서 아이의 코트를 벗겨 벽에 거는데 저만치에 똑같은 옷이 걸려 있는 것이 보였다. 모임이 다 끝나고 떠나려고 코트를 아이에게 입히고 있는데 한 인도 부인이 긴 사리를 끌며 다가왔다. 노란 코트를 흔들며 가까이 와서 아이들의 옷이 바뀌었다고 한다. 옷에선 독특한 냄새가 풍겼고 소매 끝엔 까맣게 때가 끼어 있었다. 무심코, 참으로 생각 없이 나는 그 코트에서 카레 냄새가 나니 너희 아이 옷이 맞는다고 했다.

퇴근한 남편과 늦은 저녁을 먹으며 낮의 일을 얘기하고 있는데 누군가 문을 두드렸다. Faculty and Staff 보드 멤버를 앞세운 그 여인이었다. 낮에는 그토록 기세등등하던 사람이 웬일로 실신할 듯 통곡하며 인종차별을 당해서 너무 억울해서 사과를 받아야겠다고 했다. 그리고 내가 가져간 자기네 아이 옷을 돌려주면 좋겠다는 것이다. 아연실색했다. 나는 졸지에 남의 물건을 빼앗은 데다가 심한 인종차별주의자까지 되고 말았다. 인종차별을 당하면 저렇게 대처해야 하는 것이로구나, 깨닫는 순간이었다.

아침에 옷에서 떼어 낸 가격표를 증거로 아이 옷을 사수하기는 했지만 지금도 일상생활에서 인종차별은 소소하게나마 항상 일어나는 일이어서 그때의 일은 기억에서 사라지지 않는다. 때로는 참으며 때로는 부딪치며 하루하루를 보내는 일에도 이제는 내성이 생겼다.

인종차별은 아득한 태고로부터 우리의 삶과 함께 맥맥히 이어져 온 인간에게 내려진 천형이 아닐까 여겨진다. 인류는 아직도 나와 너의 다름을 참아내지 못하고 있다. 차별과 구별 사이의 거리는 여전히 멀고도 멀다. 하늘에 닿으려고 바벨탑을 높이 쌓아 올린 인간에 대한 벌로 인종과 언어를 훑어 버린 신에 대한 끝날 줄 모르는 인류의 저항은 지금도 계속되고 있다.

새해를 고르며

수첩을 새로 바꿀 때가 되었다. 아무것으로도 채우지 못한 한 해를 보냈더라도 새해에 한 번 더 헛바람이라도 적어 넣어 보려는 시도를 해보기로 한다.

해가 바뀌면 수첩에는 멀어진 사람들의 이름이 지워지고 새로운 전화번호와 이름으로 채워지는데 이제는 의료계 종사자들의 연락처가 대부분이다. 내과, 안과, 치과 등, 마치 인턴쉽 하는 인턴처럼 다람쥐 쳇바퀴 돌 듯 끊임없이 전문의들을 찾는다. 의술이 세분되며 같은 전공이라도 여러 전문 분야가 나뉘어 있어서 미국에 사는 노인들은 바쁜 병원 순례의 여정을 사는 날 동안 멈출 수가 없다.

새해가 되면 수첩 말고도 바꿔야 하는 것이 또 있다. 그날그날의 일을 간단히 메모할 수 있는 플래너. 벤저민 프랭클린이 사용했다는 프랭클린 플래너, 고흐, 피카소, 헤밍웨이가 즐겨 썼다는 몰스킨 플래너, 보기 좋은 시아크도 자주 산다. 그런 값비싼 수첩에 걸맞은 일과가 이제 내게는 없지만 나는 여전히 플래너를 산다. 최근 몇 년 동안의 스케줄을 훑어보니 '어제와 같은 스케줄' 등의 한 줄짜리 기록이 즐비하다. 그래도 나는 해가 바뀌면 문방구가 있는 대형마트를 돌며 가장 마음에 드는 플래너를 고르며 그곳에서 반나절쯤 시간을 보낸다. 그곳 특유의 분위기와 종이 냄새를 즐기며 마침 새 플래너를 반드시 구입해야 할 때가 되었으니 어쩌랴, 하는 포스를 취한다.

가끔 문방구 코너에서 진지하게 플래너를 고르는 젊은이들을 맞닥뜨리면 조금 위축된다. 그들의 마음속 새해에 대한 꿈은 어떤 것일까 헤아려 본다. 새해에는 다시 한번 새바람을 마음에 가득 채워보려는 것이 젊음이리라. 젊음은 이뤄야 할 것이 많고 계획도 많으니 그만큼의 좌절과 시행착오도 많을 것이다. 이제는 올 한 해를 건강히 무사히 넘기는 것이 가장 큰 바람인 나이가 되었어도 나는 해마다 젊은이들 사이에 끼어서 진지하게 플래너를 고른다.

평생 쓰던 일기를 접고 플래너를 사용하게 된 또 하나의 동기는 길게 일기를 써 내려갈 일상이 사라지고 탁상 달력 하나면 족한 스케줄로 줄어들었기 때문이다. 아니 플래너 한 칸만 채우면 되는 하루로 나의 일상을 미리 조정한 것인지도 모른다. 플래너 한 칸이 하루의 일과를 기록하는데 여백이 부족했던 일이 최근 몇 년 사이에는 아예 없다.

또 한 가지는 점점 심해지는 건망증 때문이다. 언제 누구를 만나 어디서 무엇을 했는지 그들과의 일을 반드시 기억해야 될 인적자산 정도는 아직 내게 남아 있기 때문이다. 어제 내가 뭐 했지? 그저께 어디 갔었지? 물어볼 사람도 마땅찮은 지금은 더욱 그렇다. 나보다 건망증이 심한 남편이 크게 도움이 된 적은 없지만 그래도 누굴 만났지, 뭘 먹었지? 하며 함께 치열하게 고민했던 나날도 있었다.

자서전을 쓸 일도 없는데 하루하루의 일을 잊어버려도 아무 상관이 없지만 나 자신 나의 일상들을 까맣게 기억 못 하는 것은 원치 않는다. 늙었는데 어쩌랴, 할 수도 있고 때로는 그런 유혹도 몰려오지만 아직은 매사를 늙은 것을 핑계 삼고 나이 들었다는 것을 내 무의식에 순간순간 입력하며 지낼 필요는 느끼지 않는다.

몇 해 전까지만 해도 해가 바뀌면 수첩에서 몇몇 이름만 지우고 새 번호들을 끼워 넣었다. 그런데 작년과 올해에는 서둘러 내 곁을 떠난 이름이 많아져서 아예 수첩을 바꿀 생각을 하게 되었다. 잠시 떠난 것이 아니고 영원히 떠났기에 더는 그들의 연락처를 기억할 필요가 없어졌다. 그토록 가까이 더 없는 인연을 이어 왔어도 한번 끊긴 그들과의 소통의 통로는 어느 곳에서도 찾을 수 없다. 회자정리(會者定離)의 엄중한 법칙 앞에 한없이 무기력하다.

다 쓴 수첩도 없애지 않고 보관한다. 어느 날 문득 그 옛날의 누군가에게 전화를 걸고 싶은 마음이 들지도 모르기에.

'8월의 축복'을 기원하며

서울에 사는 동창에게 전화했다.

내가 잘 아는 분이 이번에 너희 지역구에 출마하니 한 표 부탁한다고 했다. 놀란 목소리로 그 사람 잘 아느냐고 묻는 동창에게 대한민국에 그 사람 잘 모르는 사람도 있느냐고 했다.

전화로, 카톡으로, 텍스트 메시지로, 한 표 찬스를 쓰며 친구를 단단히 성가시게 하려던 어느 날, 한국에서 충격적인 뉴스가 전해졌다. 친구가 사는 종로구에 첫 코로나19 확진자가 발생했다는 소식이었다. 친구가 염려되어 견딜 수 없었는데 그 순간부터 이상하게도 친구에게 한 자도 보낼 수가 없었다. 무서운 질병이 우리 가까이 온 것을 피부로 느끼는 순간, 우리의 삶이 얼마나 엄정하고 귀한 것인가를 깨닫는 순간부터 더 이상 가벼운 '한 표' 놀이를 할 수 없었다.

친구를 괴롭히던 내 치기가 부끄러웠다. 종로구에 H 씨가 당선되든

L씨가 선량이 되든 이제 노년의 문턱에 들어선 우리에게, 전파력이 엄청난 전염병 문제보다 더 염려해야 할 일은 아무것도 없었다.

3월에 코로나 팬데믹이 선포된 이후로 언론은 끊임없이 질병의 확산 정도와 예상되는 전개 상황을 분석 보도했다. 예방 백신과 치료 약이 없는 현재로서는 무엇보다 많은 사람이 한꺼번에 모이는 것을 피해야 하는데 첫 번째로 4월의 부활절이 확산의 도화선이 되지 않을까 하는 것이었다.

5월이 되자 월말의 메모리얼 데이가 두려움의 대상으로 다가왔고 6월엔 어머니 날이 그리고 7월의 독립기념일까지 참으로 연휴들은 우리의 예상에 조금도 어긋나지 않게 그때마다 확진자를 늘리고 사망자를 더 했다.

8월엔 그 '두려운 날'이 없다. 유독 8월에만 미국 국민이 그토록 모여 즐기는 축제일이 없다. 내 개인사와 가정사도 8월과는 인연이 없다. 네 분 부모님의 생신과 기일, 두 아이 생일과 결혼기념일, 그리고 네 손주 생일도 8월엔 없다. 내가 태어났을 때도 8월은 저만큼 있었고 결혼기념일도 8월에 맞추지 못했다. 앞으로 나의 기일은 내 소관이 아니므로 더더욱 8월에 맞출 수 없겠다.

8월을 무사히 넘기고 나면 9월 초엔 노동절이 있고 10월엔 핼러윈 데이, 11월엔 일 년에 한 번 온 가족이 모이는 추수감사절이 돌아오고 12월엔 성탄절이 벽처럼 버티고 있다. 해가 바뀌어도 1월엔 신정이,

2월엔 밸런타인스데이가 계속해서 찾아온다.

8월은 그러나 위대한 달이다. 영어의 8월(August)은 로마의 황제인 '아우구스투스(Augustus)'에서 유래되었다. 초대 황제인 그는 그리스도교를 국교로 정해서 그 당시 4백여 개의 이교 신전을 갖고 있던 광대한 로마를 정치적 종교적으로 통합했다. 그는 제국의 기틀을 세운 인물로 로마의 황금시대를 이끌었다.

또 프랑스어의 8월(Août)에는 추수한다는 뜻이 있다. 우리나라의 8월은 서양과 같이 분명한 유래는 알려진 바 없지만, 계절적으로 충만하고 우거진 녹음에서 연상되는 풍성한 느낌을 담고 있다.

어떤 경축일도 없는 미국의 8월과 내 인생의 달력에도 특기할 날이 없는 8월이 이제는 커다란 축복의 달이 되기를 소원한다. 8월의 두 어깨에 신께서 손을 얹고 훈장을 하나 내려주시기를 꿈꿔 본다. '코로나19가 종식된 달'이라는.

합평과 수필 쓰기

그동안 동료 문인들과 오랜 시간 합평과 글쓰기를 하고 또 최근에 신인상 심사위원을 하며 느꼈던 점 등을 공유해 보기로 합니다.

합평할 때

한 가지를 지적하려면 한 가지 칭찬을 하고 세 가지를 지적하려면 반드시 세 가지의 칭찬을 한다. 한 가지도 칭찬할 거리가 없는 글은 이 세상에 존재하지 않는다. (정목일) 지적은 정확히 하고 칭찬은 상세하게 한다. '글이 참 좋아요'보다는 어느 문단의 어떤 표현이 좋은지 꼭 집어 말한다.

내 글을 두 번 읽을 때 타인의 글은 다섯 번은 읽어야 글에 대한 이해도를 높일 수 있다고 생각한다. 화가 렘브란트(1606~1669)는 〈감옥에서 성경 보는 노인〉을 그릴 때 사도바울의 옥중서신(신약성서 에베

소서, 빌립보서, 골로새서)을 무려 18번이나 읽었다고 한다.

합평의 목적은 우리 글의 보편적인 공감대를 모으고 최대치의 공통분모를 찾아가는 과정이다. 화자 개인의 인생관이라던가 역사관, 세계관은 가능한 한 서로 터치하지 않는 것이 좋다. 우리는 글공부를 하는 것이지 담론을 목적으로 모인 사람들이 아니다. 거대 담론이든 미세 담론이든 논쟁의 여지가 있는 주제는 피하도록 한다. 그것은 개인마다 다르고 또 합의점에 도달하기 어려운 문제이기 때문이다. 또 다소 불쾌한 지적이 있더라도 상대는 앞으로도 함께 글공부를 하고 변변찮은 내 글을 시간 들여 읽어 준 고마운 문우임을 잊지 않는다.

글에 한자, 사자성어를 쓸 때

장점 : 1. 한글만으로는 그 뜻이 분명하지 않을 때

　　　 2. 특정 어휘나 문장의 뜻을 강조하고 싶을 때

　　　 3. 같은 의미를 가진 어휘의 중복을 피하고 싶을 때

단점 : 한 편의 글에 한자나 한문이 두 개 이상 세 개가 넘으면,

　　　 1. 글이 나이 들어 보인다.

　　　 2. 젊은 세대가 어렵다고 읽기를 주저한다.

　　　 3. 투고된 원고 중에서 사자성어가 두세 개가 넘으면 그 글은 옆으로 젖혀 놓는다. (이경은 잡지 편집자의 말 중에서)

글에 영어로 된 표현이나 단어를 쓸 때

한글로 글을 쓰지만, 삶의 터전이 영미권이므로 일정 수준의 영어 표현은 허용되어야 한다고 생각한다. 잔잔한 일상 가운데서 글을 길어 올리고 사소함 속에서 삶과 인생을 이야기하는 수필은 그 발을 담은 토양의 숨결을 떨어 버릴 수 없다. 그것이 진흙밭이든 모래밭이든 우리 글에는 우리 삶의 텃밭의 체취가 녹아들기 마련이다.

한국 문단의 일부 평자들은 미주 문인의 글에 쓰인 영어를 마치 쌀에 섞인 뉘 고르듯 지적하는데 그것이 영어건 프랑스어건 글로벌 시대에 그 자리에 적합하고 가장 아름다운 어휘를 골라 쓸 권리와 의무가 우리에게 있다고 생각한다.

다만 한글 수필에 지나치게 많이 섞인 알파벳은 눈에 거슬린다. 영어라도 우리에게 익숙한 말은 굳이 알파벳으로 쓰기보다는 편한 한글로 표기한다. 예) 허그(o), hug(x)

인용할 때

문호의 글, 시, 명언, 영화 등을 인용하려면 20%의 인용과 80% 자기 느낌을 전개할 수 있어야 한다. (박양근의 〈압언(押言)으로 읽는 수필〉에서)

간접 체험을 이끌어다 쓰기 위해서는 먼저 원 체험자의 체험을 완전히 자기 것으로 소화하고 받아들일 수 있어야 한다. 그렇지 못한 인용은 글의 흐름을 엉뚱한 방향으로 돌리고 글을 전체적으로 경박하게 보이게 한다. 사건묘사는 간단하게 하고 심리묘사는 자세히 한다.

매화 옛 등걸에 봄철이 돌아오니
옛 피던 가지에 피엄즉도 하다마는
춘설이 난분분하니 필동 말동 하여라.

이 시조의 초, 중장 하나를 인용한다고 해도 기생 매화의 원체험에 대한 이해가 앞서야 한다. '봄을 기다리는 선조들의 숨결' 정도로 인용한다면 제대로 된 인용이라고 할 수 없다. (최승원)

수필의 길이

특별한 주제가 아니면 200자 원고지 12장에서 15장 정도로 쓰도록 한다. 평소에 짧게 쓰는 연습도 해 둔다. 길게 쓰기는 쉬워도 짧게 쓰기는 많은 연습이 필요하다. 수필의 묘미는 작가가 감동했던 일, 마음 아팠던 일, 분노했던 일을 압축된 글에 녹여내는 데 있다. 짧게 핵심적 메시지가 분명해야 좋은 글이라고 한다.

미국 독립선언문을 기초한 프랭클린 대통령은, 젊었을 때 신문 사설 줄여 쓰기로 문장 수업을 했다고 한다. 우드로 윌슨 대통령은,

　a) 세 시간 연설은 준비 없이 하고

b) 30분 연설은 세 시간 준비하고

c) 3분 연설은 밤새워 준비했다고 한다.

수필에는,

시의 서정

소설의 구성

시조의 율격

희곡의 현장감

평론의 비평 정신 등이 포함될 수 있다.

ㄱ. 시적이고 서정적인 표현은 어휘가 아닌 글의 내용에 그것을 담아야 한다. 감성적인 어휘로 도배된 글은 글 격이 떨어지고 읽는 독자들의 감성에 과부하가 걸리기 쉽다.

ㄴ. 아무리 빼어난 문장이나 묘사도 서사적 이야기가 뒷받침하지 않으면 감동이 덜하다.

ㄷ. 역사적인 사실을 쓸 때는 특히 고증을 완벽히 해야 한다.

ㄹ. 시사에 관한 글을 쓸 때는 철저하게 주제에 초점을 맞춰야 한다. 주제에서 멀어지면 주제의 본질을 호도하고 문제의 논점을 흐린다. 또한, 시사 문제는 무엇보다 타이밍이 중요하다. 최근의 것이 아닌 한참 지난 시사 이슈는 독자의 흥미를 끌지 못한다.

그 외 우리가 모두 알고 있는 수필 쓰기에 관해 한 번 더 공부한다.

1. 첫 문장과 마지막 문장의 시제는 현재가 좋다.
2. 글의 마지막에 〈바다〉를 넣으려면 앞의 어딘가에 그 단어가 들어가야 한다.
3. 한 문장은 30자에서 35자 내외로 하고 단락은 대여섯 개의 문장으로 한다.
4. 주어와 술어는 가깝게, 부사는 동사에, 형용사는 명사 가까이 둔다.
5. 어휘의 배열,
   a) 짧은 단어를 먼저 쓰고 긴 것을 뒤에 쓴다.
      예) 합평과 글쓰기
   b) 긍정적인 것을 앞에 부정적인 것을 뒤에 오도록 한다.
   c) 시간적 순서는 그제, 어제, 오늘, 내일 순으로 쓴다.
   d) 공간적 원근: 여기, 저기, 거기
   e) 대상의 경중: 나, 가족, 민족, 인류
6. 쉼표(,)는 2줄 이상 넘어갈 때 쓴다. 감탄사와 느낌표는 자주 쓰지 않는다.
7. 제목으로 독자들의 시선을 끄는 것도 중요하다. 제목은 글의 내용과 부합해야 한다.
8. 소재의 가공이 잘 되었는가, 소재가 주제를 최대한도로 받쳐주고

있는가.

9. 문단, 문장, 맞춤법, 띄어쓰기, 단어들은 적합한가.

10. 글 어딘가에 독자의 입가에 슬며시 미소를 짓게 하는 익살과 해학이나 유머가 있는가.

시간이 지나면

서울 동창들이 베네룩스 여행 계획을 알려 왔다. 벨기에와 네덜란드 그리고 프랑스를 둘러보는 여행이다. LA에서 날짜를 맞춰서 출발, 인천공항에서 친구 열 명과 합류해서 파리행 KAL기에 올랐다.

벨기에와 네덜란드를 먼저 여행하고 엿새째 되는 날 파리에 도착했다. 다음 날, 파리 인근을 관광하고 저녁때 호텔에 돌아왔는데 갑자기 복도 쪽이 소란스러워졌다. 이 층 북쪽 창문을 깨고 반갑지 않은 손님이 들어 우리 팀과 함께 투어 중이던 몇 분의 짐과 여권까지 다 털어 갔다. 다행히 호텔 남쪽 방에 투숙했던 우리 동창들은 피해가 없었다. 다음 날 가이드는 우리에게 양해를 구한 후, 피해자들의 임시 여권을 발급받기 위해 그동안 사용하던 투어 버스에 그들을 태우고 한국 영사관으로 갔다. 그날, 우리 동창들은 차도 가이드도 없이 파리 시내 일주에 나섰다.

파리 거주자들은 모두 바캉스를 떠나고 관광객들만 몰려다닌다는 7월의 파리는 무더웠고 더욱이 습도는 상상 이상이었다. 여기저기 기웃거리다 오후 늦게 뛸르리 공원에 갔다. 피곤해서 그럴까, 류머티즘 관절염이 도져서 호텔에 돌아가 눕고만 싶었는데 거기서 다시 카페 드 마고에 가서 커피를 마시기로 의논이 되었다. 카뮈와 사르트르가 자주 가서 글을 쓰곤 했던 카페 드 마고는 몇 년 전에 남편과 함께 노트르담 사원 앞에서 택시를 타고 갔던 기억은 나는데 뛸르리에서는 방향조차 가늠할 수 없었다. 그때 동창 K가 나서서 여기서 가까우니 걸어가자고 했다.

사건은 그때 시작되었다. 넓은 공원에서 어느 쪽이 카페가 있는 생 제르맹 데프레 거리로 가는 지름길인지 K는 시원시원하게 길을 안내하지 못했다. 성질 급한 내가 조깅하는 남자를 하나 붙잡아 세워 길을 물었다. 파리는 세 사람 중 둘은 관광객이라서 가까운 길도 모르기가 예사였는데 셔츠 차림에 한가하게 조깅하고 있으니 틀림없는 파리지앵이라 믿었다. 그런데 일이 잘못되느라고 그 사람이 엉뚱한 길을 가르쳐줬고 그 통에 시간을 많이 허비했다.

K는 귀국해서 여행기를 책으로 내며 거기에 이 일을 상세히 썼다. 자기가 길을 안다고 하는 데도 내가 조깅맨에게 길을 물었고 돌 쳐오는 길에 자기를 못 믿은 내가 또 어느 가게에 들어가 길을 물었다고 했다. LA에서 K의 이 여행기를 읽지 못한 나는 이 책에 대해 까마득히 몰랐

다. 그로부터 수년이 지나 바로 몇 달 전, K는 우리 동창들의 '14인 카톡방'에서 내게, "그 기행문은 그때 그 사건에 관한 폭로성 글이었는데 너는 못 읽었겠지?" 하며 비아냥댔다.

14인 카톡방은 대학에서 교양과목을 함께 이수했던 문과반 여자 동문들의 대화의 방이다. 50대 이후부터는 함께 세계 여러 나라를 여행했는데 본인이 공부한 나라에 갈 때는 전공한 사람이 앞장서는 것이 특별할 것도 없는 일이었다. 파리에 유학한 손녀를 뒷바라지하며 삼 년간 파리의 골목골목을 누비며 길을 익혔다는 K, 그가 그 당시 카페 가는 길을 확실하게 리드했으면 우리가 그 무더위에 조깅맨이 가르쳐 준 길로 갔을 리가 없다.

동창 K는 내가 프랑스어를 안다고 자기를 무시했다고 단단히 오해했다. 이름이 꽤 알려진 중견작가인 K가 여행 중의 즐거운 일화도 부족해서 문학작품에 친구들 사이에 일어난 일을 내 실명까지 밝히며 침소봉대했다. 그리고 그 일을 십여 년 동안 마음에 담아 두었다가 이제 와서 '재폭로'한 것이다.

1866년에 일어났던 병인양요(丙寅洋擾)가 100년이 훨씬 지나 프랑스 땅에서 재연됐다. 국문학과 대 불문학과의 한, 불 대첩으로, 그리고 포성은 멈췄지만, 포연은 여전히 자욱한 제로섬 전쟁으로.

오해는 영어로는 미스언더스탠드(misunderstand) 혹은 겟 썸원 롱 (get someone wrong)이라고 한다. 전 자는 말 그대로 상대방의 말 내지 의도를 잘못 이해한 경우고 후 자는 오해보다 오판(誤判)에 가깝다. 전 자는 그 감정이 일방적인 데 반해 후 자는 쌍방이므로 거기엔 불쾌했거나 오해를 한 상대방이 반드시 있게 마련이어서 상황을 전자보다 훨씬 복잡하게 만든다. 거기에 오해하는 쪽의 오해하고픈 의지가 조금이라도 섞이면 상황은 걷잡을 수 없이 꼬여버린다. 그쪽에서 작심하고 시작한 오해를 이쪽에서 단번에 해결할 묘수가 없는 것도 사실이다. 관계의 복원과 단절은 시간에 맡길 수밖에 없다.

'나이'에 집착하는 한국인

2020년은 그토록 모질게 우리를 대해 놓고 순진무구한 얼굴로 또 새로운 365일을 들이밀었다. 보낸 이의 의도를 몰라 선뜻 첫발을 들여놓기를 망설였던 새해다.

며칠 전 오랜만에 용기를 내어 참석한 어느 모임에서 처음 보는 남성분이 "동문이시라면서요" 하며 다가왔다. 반갑게 인사를 끝내기가 무섭게 몇 살이냐고 묻는다. 황당했다.

동문을 만나면 선배인지 후배인지 물론 궁금하지만, 모두가 그렇게 성급하지는 않다. 우회적인 방법으로도 알아낼 수 있기 때문이다. 동문 가운데 누구나 아는 유명 인사를 화제에 올려 그와의 선후배 관계로 상대의 입학 연도를 짐작한다. 미국에 사는 우리에겐 도미한 연도도 상대방의 나이를 유추하는 데 도움이 된다. 어찌 됐든 어떤 방법으로든 장유가 확인되어야만 친소(親疎)간에 진전이 있게 된다.

이념으로, 인종으로, 종교로, 빈부로 인류는 한사코 너와 나를 수평으로 간격을 두고 수직으로 갈랐다. 우리 선조들은 태어나기 전부터 사농공상으로 직업이 정해져 있었다. 태어난 후에도 쓰고 있는 갓의 크기라던가 겉옷의 모양, 심지어는 치마꼬리를 여미는 방향으로 신분을 과시 내지 차별했다.

우리나라는 갑오개혁 이후에 신분제가 철폐됐지만, 아직도 인도의 일부 지방에는 카스트인 '바르나'가 남아 있다고 한다. 만주족이 세운 청나라는 팔기군이라는 군사 편제로 만주족과 이민족을 구별해서 통치했다. 단일민족인 우리에겐 그런 구별이 불필요해서였을까, 우리는 유독 비효율적인 '나이'에 집착한다. 그것은 모든 계급을 관통하는 무소불위의 잣대다. 말문을 겨우 연 어린아이에게 어른들이 제일 처음 던지는 질문도 "너 몇 살이냐?"다.

남편은 4남 2녀 중의 셋째였다. 미국에서 결혼한 후 남편의 형제들과 친분을 쌓을 기회가 없어 아쉬웠던 터라 남편이 사업 관계로 자주 한국을 왕래하게 되었을 때 작은 선물을 보내곤 했다. 화장품, 액세서리를 포장해서 큰형님, 작은형님, 동서 등을 써서 보냈다. 그 일이 있기 전까지는.

남편은 이 호칭들을 조금 혼란스러워했다. 선물 꾸러미에 해당 가정의 장조카 이름으로 구분하면 더 간단할 것 같다고 했다. 그 의견에 따라 이듬해 한국 출장길에 누구 엄마 등으로 써 보냈는데, 큰 사달이

나고 말았다. 손 위 형님에게 무례하게 아무개 엄마라고 했다는 것이다. 대놓고 호칭한 것도 아니고 편의상 구별해서 썼을 뿐이고 솔직히 그들에 대해 윗사람, 아랫사람이라는 개념보다는 뭉뚱그려 친근하게 느끼는 남편의 동기들일 뿐이었다. 남편은 앞으로 선물 심부름을 하지 않겠다고 선언했다. 오래전 일이다.

남편은 형과 단짝이었다. 같은 이공계에 외모도 닮았다. 아서 코난 도일이나 애거사 크리스티의 작품 등 형이 좋아하는 책들을 귀국할 때마다 남편은 시간을 내서 챙겨갔다. 한국 이름이 병기인 남편을 형은 '비케이'라는 애칭으로 불렀고 출장 중엔 호텔에 묵는 동생을 픽업해서 매일 한식 아침을 먹여 보냈다. 친구 같은 형제 사이에선 문제가 안 되고 동서들 간에는 엄격하게 적용되던 장유유서에는 이중의 잣대가 있었던가 보다.

지금 두 사람 머무는 곳에는 동생이 먼저 갔다. 그곳에서는 태어난 순서가 먼저일까 도착한 순서가 먼저일까. 무척 궁금하지만, 알 길이 없다.

4 ː 사막의 노래

수평의 6피트, 수직의 6피트

지금 우리는 가사 상태에 있다.

개개인이 서로 6피트의 거리 두기를 강요받고 있다. 6피트는 시신을 매장하는 깊이다. 6피트는 삶과 죽음을 가르는 거리다. 우리는 죽은 것일까. 우리는 지금 산채로 6피트의 거리를 지키고 있다. 우리는 지금 매일 조금씩 죽어가는 중이다.

수직의 6피트는 산 자와 죽은 자를 물리적으로 격해 놓았지만, 거기엔 절대자의 개입이 있다. 인간의 힘만으론 어쩔 수 없는 안타까운 헤어짐이었다. 상전이 벽해가 되어도 변하지 않을 사랑도 신의 섭리 앞에 무력했다. 지금 우리는 수직으로 6피트를 격리되지 않기 위해 사력을 다해 수평의 6피트 거리 두기를 지키고 있다.

수평의 6피트 거리는 참으로 비정하다. 봄꽃이 온 들판을 덮어도 이 계절이 지나기 전엔 그 꽃들을 볼 수 없다. 누구를 향하고 있는지도 모르는 잘 벼려진 날카로운 칼끝을 피해 꽃 내음도 새도 찾지 않는 닫힌 방에 우리 스스로 갇혀 있다. 형량도 정해지지 않은 미결수인 채로.

어두움 속에서 두려움과 열망을 섞어 기다림을 짓는다. 창밖을 떠도는 흰 구름과 긴 밤의 안개를 섞어 인내를 비벼낸다. 우리가 슬퍼하며 빈집에 가두어 버린 사랑하는 사람들과의 때 이른 조우를 조금이라도 유예하고 싶은 마음을 어찌할 수 없다. 하지만 지금 나를 빈집에 가둔, 실체 없는 이 질긴 상대와의 싸움을 포기하고 싶은 생각도 때론 고개를 든다.

6피트의 거리를 지키기 위해 아이들이 3배에 가까운 17피트 높이로 아침저녁 생필품과 음식을 올려보낸다. 가까이에 유칼립투스 나무들이 보이고 멀리 높고 낮은 산봉우리가 교차하는 전망에 반해 엘리베이터도 없는 삼 층에 겁도 없이 이사했다. 지금 그 일이 닫힌 벽 밖에다 음식을 두지 않고 6피트의 거리도 자연스럽게 지키는 핑계가 되었다.

딸과 사위는 생수, 휴지와 쌀 등 주로 생필품 담당이고 아들은 하루 두 번 손자와 손녀를 데리고 와서 잠깐씩 얼굴을 보여 주고 내가 내려보낸 작은 바구니에 대구조림, 라비올리, 캘리포니아 롤 등을 올려보낸다. 바구니엔 때로 손녀가 할머니를 위해 특별히 챙긴 보바 아이스크림 스틱도 있다.

하루 종일 장대비가 쏟아지던 날, 아들이 집 앞에 도착해 비 때문에 잠시 머뭇거리는 사이 손자가 발코니 쪽 차 문을 열고 나와 가지고 온 음식 그릇을 바구니에 놓는다. 빗살이 점점 굵어져 차 안으로 어서 들어가라고 바구니를 끌어 올리며 계속 손짓해도 손자는 삼 층 발코니에 바구니가 안착할 때까지 꼼짝 않고 지켜본다. 거센 빗줄기가 삼 층에 시선을 고정한 손자의 여린 얼굴을 사정없이 내리친다. 안전하게 바구니가 발코니에 올려지는 것을 확인한 뒤에야 손자는 머리 위에 하트까지 그려 보이고 돌아선다. 신체 발부는 수지부모(身體髮膚受之父母)라지만 노년에 건강을 보존하는 것은 '수지 자손'이라고 해도 틀린 말이 아닐 듯하다.

겸허히 창조주의 섭리를 헤아려 본다. 언제나 그랬듯이 이 일 또한 지나갈 것이다. 이 암울한 대지 위에 봄의 왈츠가 경쾌하게 흐를 날을 꿈꾼다. 그날, 진주 이슬 신고 오시는 계절의 여왕 앞에 달려나가 경배 드릴 것이다.

잔고 0의 삶

1950년 9월 16일 프랑스의 브장송에서 한 피아니스트의 독주회가 열렸다.

루마니아 출신의 디누 리파티는 백혈병을 오래 앓아 건강이 나빴다. 친구들이 만류했지만, 청중과의 약속을 지키기 위해 그날 예정되어 있던 연주회를 강행했다. 바흐의 '파르티타 1번', 슈베르트의 '즉흥곡', 모차르트의 '피아노 소나타 8번'을 순서대로 연주하고 쇼팽의 '왈츠' 14곡 전곡중 마지막 2번을 연주하다 미처 끝내지 못한 채 무대 위에서 쓰러졌다. 그로부터 3개월 후, 리파티는 세상을 떠났다. 피아니스트로서의 그의 마지막 자리는 연주회장이었다.

삶의 마지막 순간까지 무엇인가에 미쳐서 열정적으로 올인하다 삶을 끝낼 수 있다면 성취한 것이 비록 소소하더라도 그 삶은 성공한 삶이라고 할 수 있을 것이다.

나이를 먹으며 매사에 열중하지 못함을 느낀다. 끝까지 자기의 길을 걷다가 그 길 위에서 쓰러지는 것은 장엄하고 더 바랄 수 없는 행복한 일이지만 한 가지 일에 깊이 빠져들었다가도 걷잡을 수 없이 애정이 식어버리는 내 성향으로 짐작으로 미루어 앞으로 어느 분야의 신께서 다시 새로운 관심사를 내려주시기나 할지 알 수 없다.

집을 옮기게 되어 오래된 사진첩을 정리하기 위해 펼쳤다. 여러 얼굴들이 보였다. 집안의 여러 가지 행사 때 모인 대소가의 친인척들, 교정에서, 여행지에서 함께 했던 동창들과의 즐거웠던 순간들, 교회의 여러 모임 때 찍은 교우들의 모습, 문우들, 동호회에서 가까이 지냈던 얼굴 등, 내 평생의 지인들이었다. 그 가운데 많은 얼굴들이 이미 이 세상을 떠나고 없거나 소식이 두절 된 지인 들이었다. 좀 더 가까이 지낼 수 있었는데, 한 번 더 안부를 물을걸, 그때 먼저 사과하였더라면 좋았을걸, 모두 그리움보다는 짙은 회한을 불러오는 얼굴들이다.

바이엘을 끝내고 소나티네를 시작한 날을 잊을 수 없다. 소나티네 7번을 치면서 처음으로 연습곡이 아닌 연주곡을 치는 느낌에 소절마다 음절마다 손과 몸이 떨렸다. 그 후로 오랫동안 피아노 건반 위에서 미쳐 지냈는데 체르니 40번으로 진도가 나가며 시들해졌다. 악보를 읽는 초견이 남들보다 느린 편임을 알게 되었다. 학교 발표회에서 연탄곡 '윈의 행진곡'을 친구와 함께 연주하다가 두 번째 소절에서 음을 놓쳐 버렸다. 초견만 느린 것이 아니라 남 앞에 서는 일이 잦은 그 전공은 적성에 맞지 않음을 알게 되었다. 그 후로 피아노 앞에 앉지 않았다. 흑백의 건반에 대한 오랜 관심이 거짓말처럼 사라졌다.

오백 년 도읍지를 필마로 돌아드니
산천은 의구하되 인걸은 간 데 없네
어즈버 태평연월이 꿈 이런가 하노라

야은 길재가 고려의 수도였던 개경을 돌아보며 읊은 이 시조를 처음 대하던 날의 감격을 지금도 기억한다. 이토록 압축된 표현 속에 이처럼 깊은 뜻을 담아낼 수 있다니. 온몸의 감성 세포들이 마구 아우성을 쳤다. 국어 고문 책을 뒤져 시조 200여 편을 찾아냈다. 하나하나 그 시조가 태어날 때의 시대상과 저자가 쓰게 된 배경과 저자의 심리상태와 약력과 지냈던 벼슬까지 다 외워버릴 정도로 심취했다. 지금도 몇 편 정도는 소리 내어 읊을 수 있지만, 전공을 외국 문학으로 바꾸며 시조 역시 헌신짝처럼 내 버렸다.

어릴 적 우리 집안엔 유명한 문필가나 시인이 없었다. 신문사나 잡지사 기자, 심지어 중고교 국어 교사 한 분 정도와도 인연이 없다. 삼대 조까지 거슬러 훑어봐도 안 계신다. 신이 인간에게 베푸는 최고의 문학적 토양이라는 향토색 짙은 고향도 서울이다. 집안엔 음악 애호가인 어머니의 영향으로 하논이나 코오르위붕겐 등 음악에 관한 책들만 쌓여 있었다. 그 흔한 어린이 잡지 한 권도 없었다. 홀로 여기저기서 책을 빌려 읽었고 글쓰기를 연습했다.

재미 문단에 등단한 지도 벌써 여러 해가 지났지만 별 이루어 놓은 것도 없이 세월만 흘렀다. 사람들과 부딪히며 입은 크고 작은 상처들이 생각보다 깊은 상흔을 남겼다. 어떤 분야건, 사람과 부대끼지 않고 홀로 독야청정 할 수는 없으리라.

언제 내 삶의 잔액을 점검하게 될지 알 수 없다. '잔고 0'이라는 영수증을 받게 되는 그 순간까지 무엇엔가 철저히 미쳐 보고 싶다. 삶의 마지막을 불꽃처럼 태워 보고 싶다.

유리그릇과 플라스틱 그릇

어릴 때, 우리 집 이 층 4조 다다미방에는 오시이레라고 부르던 붙박이 벽장이 있었다. 그 안에 어머니가 일본서 귀국할 때 갖고 오신 예쁜 그릇들이 많았다. 훗날에 '도요 골드 이마리' 제품인 것을 알게 된 꽃무늬 접시와 받침, 앙증맞은 찻잔 그리고 배가 볼록한 작은 물병 등이었다.

짐작하기로는 옆의 6조, 8조 방들은 월남한 아버지의 일가들이 모두 차지하고 있어서 집엔 당최 그릇 찬장을 들여놓을 자리도 마땅치 않았고 어수선한 시국에 값비싼 기명들로 잔치를 벌일 일도 없었던 듯 그곳은 종일 아무도 들어 오지 않는 나만의 소꿉놀이 방이 되었다. 난방도 안 된 추운 방에서 조심조심 그릇들을 만지작거리며 온종일 혼자 놀았다.

내 유별난 그릇 사랑은 그때부터가 아닌가 여겨진다. 지금도 내 찬장엔 쓰지 않는 빛깔 고운 그릇들이 자리를 차지하고 있다. 집을 옮길 때는 이번에야말로 하며 이것저것 여러 가지를 정리하지만, 막상 이사하고 보면 그릇은 거의 모두 챙겨 오곤 한다.

레녹스나 웨지우드 같은 견고한 본차이나보다 리모주처럼 부드러운 브랜드에 항상 마음이 더 끌린다. 프랑스 화가 르누아르의 고향이기도 한 리모주는 그 지방에서만 나오는 특수한 점토로 만드는 경질 도자기로 유명한데 디자인과 색상이 뛰어나다. 티 포트는 역시 차를 많이 마시는 영국 제품인 스타포드셔가 다양하고 우아하다.

몇 년 전, 친구들과 스코틀랜드를 여행할 때였다. 여행사의 주선으로 에든버러의 오래된 고성에서 '오후의 티타임'을 갖게 되었다. 샌드위치가 여러 가지 나왔고 앞앞에 티 포트와 찻잔이 놓여 있었다. 내 집 찬장에 모셔져 있는 귀한 스타포드셔가 테이블에 그득했다. 목걸이 삼아 카메라를 목에 걸고만 다녔는데 이때만은 찻잔, 티 포트와 크고 작은 접시들을 들어보고 뒤집어 보고 사진 찍느라 샌드위치는 한 조각도 못 먹었다.

딸아이에게 주려고 오래전에 리모주 차이나 한 세트를 사 뒀었다. 결혼하게 됐을 때, 보여 주니 마음에 들지 않는다고 한다. 색상이 요란해서 담긴 음식이 보이지 않을 것 같다는 것이다. 그러리라 짐작은 하고 있었지만, 고가의 물건을 구매하면서 그 정도의 구실은 나 자신에게 필요했던 것 같다. 딸은 흰색 로젠탈을 택했고 티 세트로는 내가 갖고 있던 로열 코펜하겐 가운데서 은은한 그린 색 티 포트와 찻잔들을 빼갔다. 리모주는 그 이후로 내 찬장에 고이 모셔져 있다.

아들과 딸네와 같은 도시에서 가까이 살게 된 후부터 내 집 부엌에는 두 집에서 날라 오는 음식이 늘고 있다. 음식을 담아오는 용기도 선반에 나날이 쌓인다. 그중 플라스틱은 아들 집에서 온 것이고 유리그릇들은 딸네 집에서 온 것이다.

음식을 담아 주는 마음이야 플라스틱과 유리그릇이 다르지 않겠지만 내게 음식을 담아 줄 때, 알뜰한 살림꾼인 며느리는 제 찬장을 열고 지금 나가서 돌아오지 않는다고 해도 아깝지 않을 용기를 고르고 딸은 엄마가 좋아할 깜찍한 사기나 유리그릇을 골라 든다.

흠 하나 가지 않게 애지중지하던 보석들이 아니었던가. 깨어질세라 힘주어 집어 들지도 못하던 유리그릇들이었는데. 아들딸 모두 내 품에 있을 때는.

선거일에 여권을 챙긴 이유

온 세계가 숨을 죽였다.

파수꾼이 새벽을 기다리듯이, 교차로에서 녹색 신호등을 기다리듯이 그 순간을 기다렸다. 미합중국의 대통령이 결정되는 순간을.

사위는 가족들에게 여권을 챙겨 놓으라고 했다. 선거 결과에 따라 이민을 가야 할지도 모른다는 것이다. 손자가 근심스러운 표정으로 "그럼 그랜마는?" 했더니 사위는 즉각 같이 간다고 했다. "그럼 메릴랜드 그랜마는?" 하고 또 묻자 같이 안 간다는 대답이었다. 손자가 울상을 짓자 "그 그랜마는 사랑하는 대통령과 미국에서 행복하게 살 것"이라고 했다고 한다.

온 나라가 잠을 못 이루는 밤들이 몇 번 지나고 다행히 딸 가족은 여권을 쓸 일이 없을 것 같다. 나도 먼지 앉은 캐리어를 지금 내리지 않아도 되었지만, 이번 일로 시작된 사위와 안사돈의 의견 충돌은 쉽게 봉합될 것 같지 않다.

결코 짧다고 할 수 없는 이 땅에서 살아온 세월 동안 이번과 같은 혼란과 끝 모르는 대립의 대통령 선거는 처음 경험했다. 우리 조국의 대통령 선거에도 이 같은 관심을 쏟아 본 기억이 없다.

아무도 자기의 의견을 감추려 하지 않았다. 누구도 자기의 속내를 드러내기를 부끄러워하지 않았다. 그 누르기 어려운 적나라한 희망과 욕망들은 날것 그대로인 채 불꽃 튀며 날아다녔다.

오래전 LA 다저스와 보스턴 레드삭스가 포스트 시즌에서 만났을 때였다. 골수 다저스 팬인 나와 동부 출신인 사위는 이미 루비콘강을 건넌 적군 사이였지만 딸아이의 입장은 그리 간단하지 않았다. 아슬아슬하게 속내를 감추던 딸은, 패색이 짙던 다저스가 상대의 1사 2루에서 타자와 주자를 병살타 처리하자 낭중지추(囊中之錐)를 어찌 숨기리오, 환호성을 지르고 말았다.

종종 시청하는 한인 유튜버가 있다. 동서고금을 아우르는 해박한 지식과 무엇보다 생각에 무게중심이 잡혀 있어 젊은 나이임에도 고령의 팬층도 많이 확보하고 있었다. 이번 선거 시즌이 시작되며 그는, 자신은 그 어느 쪽도 아니라고 밝혔다. 그토록 선명하게 무편 무당임을 거듭 천명하던 그는, 박빙의 어느 주의 개표 상황을 전하던 날, 아무개 후보가 '아쉽게도' 역전을 당하고 말았다고 말해 말 그대로 아쉽게도 본심을 내보이고 말았다.

선거로 갈린 서로 다른 의견과 다양한 생각들이 다시 조화를 이루는 날이 속히 왔으면 좋겠다. 잠시만이라도 붉은색과 푸른색을 구별 못 하는 색맹이 되어 보자.

이제 속내와 본심은 슬그머니 감추고 가면무도회장으로 돌아가자. 벗어 놓았던 가면을 다시 쓰고 모두 함께 일상의 춤을 추자. 파트너가 마음에 안 들어도 인내로 다음 곡을 기다리자. '체인징 파트너스'가 콜 아웃 될 때까지.

당당하게 나이 들기

최근에 나가게 된 모임이 있다. 모일 때마다 내게 차편을 제공해 주겠다고 한다. 전에는 없던 일이다. 나이 먹은 사람이 너무 씩씩해 보이는 것도, 젊은 사람들의 호의를 번번이 외면하기도 어려워서 몇 번 도움을 받았는데 여러 가지 문제가 있었다.

처음에 나를 픽업해 준 젊은 친구는 인근 도시의 모임 장소까지 가는 40여 분 동안 운영하는 사업체와 세 번이나 통화했다. 그다음 달에 나와 동행한 회원은 하교하는 자녀를 픽업하기 위해 도중에 먼저 떠나야 했다. 내 돌아갈 차편 때문에 작은 소동을 피할 수 없었다. 바쁜 젊은 사람들에게 더는 민폐를 끼치면 안 되겠다는 생각을 하게 됐다.

나이를 먹으며 새롭게 알게 된 사실들이 있다. 이제는 주위의 연령층이 대부분 연하인데 처음에 그들과 나누게 되는 대화가 나이 언저리에서만 맴도는 것으로 미루어 나에 대한 최초의 관심사가 내 나이라는 것을 알았다. 초면에 젊어 보이신다고 하는 쪽은 자신이 어림짐작해 놓은 내 나이를 확인하려는 의도가 있는 듯했다. 사는 동안 가장 행복했던 때가 어느 연령대이었는지를 묻는 말 속에서도 내 나이에 대한 호기심이 엿보였다.

대체로 나이 든 사람들은 어디 아픈 데는 없느냐는 질문을 받으면 허리며 무릎이며 불편한 곳을 하소연한다. 이렇게 병증의 시초와 현재 상태를 고백하고 나면 노인의 나이를 대충 알게 된다. 내 나이가 무척 궁금했던 어느 분은 만날 때마다 어디 편찮으신 데는 없느냐고 했다. 잦은 안부 인사가 내 건강에 대한 옅은 불안감으로 바뀔 즈음, 그 궁금증의 실체를 알고 실소했다.

최근 친지의 교회를 방문했을 때였다. 가깝게 지낸다는 장로님 내외가, '동문이시라고요?' 반색하며 다가왔다. 대충 인사가 끝나자 내게 대뜸, "몇 살이에요?" 하는 게 아닌가. 곧이어 '몸무게는 몇 파운드예요?' 할 것만 같았다. 우리가 어린아이와 가장 먼저 하는 대화도 몇 살이냐는 질문이다. 아이의 이름을 먼저 묻는 서양인과 다른 점이다. 어떤 방법으로든 한국인은 위아래를 확실하게 정해야만 노소간에, 친소(親疏)간에 진도가 나간다.

나이를 따져 상하를 분명히 해서 어른에게 합당한 대접을 하려는 좋은 의도로 받아들인다. 그러나 주위의 대부분이 고령의 문턱에 들어선 가운데서 혼자 받는 윗사람 대접은 그리 달갑지만은 않다. 그들과 교류하는 것은 친구로 지내려는 것이지 어른 대접을 받으려는 것이 아닐 때, 특히 대여섯 살 안팎 연하들의 엘리어네이트(alienate)는 소외감을 느끼게 한다. 이 세상에 섬길 어른이 없어졌다는 건 이승에서 가장 처량해진 나이라는 어느 작가의 말이 생각난다.

연상의 상대방을 순수하게 윗사람으로 대할 마음이 아니라면 성급한 상하 관계 설정은 뒤로 미루는 것이 좋다. 서로 취미나 관심사가 같아서 대등한 인격체로 만나야 그 관계는 건강하다. 가벼운 마음으로 공손한 아랫사람 코스프레를 하다가 곤란하거나 쑥스러운 경우를 맞닥뜨리면 '장유유서니까' 하며 등 떠밀리어 앞장서게 되는 상황은 노인들도 불편하다.

나이는 장애가 아니다. 다만 조금 불편할 뿐이다. 남을 대접하고 배려할 수 있는 장치는 비단 나이만이 아니고 우리 삶에 여러 가지가 있을 수 있는데 굳이 누구나 먹게 되는 나이로 드러내놓고 배려하는 모양새는 진정한 배려로 받아들이기 쉽지 않다. 그 부족한 점이 유난히 부각 되는 상황도 노인에게는 마음의 상처가 될 수 있다. 일상생활 속 연령차별(ageism)이다.

나이는 결코 숫자에 불과하지 않다. 나이가 들면 기력이 떨어지고 의욕도 다소 사그라드는 것은 부인할 수 없는 사실이다. 나이는 그러나 우리 세월과 함께 한 떼려야 뗄 수 없는 동반자다. 나이는 우리 삶과 함께 무르익었고 우리의 시간과 함께 완성의 뜰로 다가가고 있다.

이 소중한 동반자 나이를 너무 의식하지 않고 저만치에 밀어 두어야 건강한 노년을 보낼 수 있다.

'노년'은 하나의 현상이 아니다. 지금도 계속되는 삶이다. 떠오르는 아침 해를 맞으며 그 장엄함에 심장이 아직 이렇듯 떨리는데 우리 나이에 대한 불편한 호기심과 미묘한 엘리어네이트에 동요하지 않는다. 먼 밤 나이팅게일의 울음소리에 아직도 먹먹해지는 가슴을 갖고 있는데 착한 아랫사람 코스프레를 분별하고 일상생활 속 연령차별에 마음을 다치지 않는다.

귀하게 쌓아 온 나이를 주위에 영향받으며 주변의 잣대로 재단 받으며 무기력하게 보낼 수는 없다는 생각이다. 당당하게 나이 들어가고 싶다.

사막의 노래

15번 Fwy를 북상하자 유타주의 사막이 나타나기 시작한다. 그동안 몇 차례 달려보던 길이었으나 이번엔 초행자의 경이로움과 호기심을 갖고 스치는 모든 풍광을 새롭게 보기로 했다.

조슈아 트리밖에 얼핏 눈에 띄지 않는 텅 빈 사막에도 '가까이 다가 서지도 않으면서 아무것도 가진 것 없을 거라고' 함부로 말하지 않고 이 황량한 사막과 빈 겨울 들판에 가까이 다가서 보기로 한다.

나바호 인디언 보호구역 가까이에 여장을 풀고 다음 날 아침 일찍 파웰 협곡을 달려서 와우이 선창에서 배를 탔다. 파웰 호수는 와이오 밍에서 발원한 콜로라도강의 한 줄기에 이어진 호수다. 그날은 운 좋 게도 호수의 수위가 낮아져서 만수위 때는 물에 잠긴다는, 호수에 거 대한 몸을 숨기고 있는 바위산들의 위용을 남김없이 볼 수 있었다. 바 위산들은 서로의 안부를 주고받기 위해 사이사이로 물길을 열고 전령

들을 보내고 맞으며 수억 년의 무료함을 묵묵히 견디고 있었다. 붉은 바위의 그림자를 안은 짙은 핑크빛 물 위로 하늘과 바위들과 내가 번갈아 흔들린다. 그 태고의 물결 위에 나도 한 점을 각인하며 스쳐 가고 있었다.

모뉴먼트밸리는 나바호 인디언의 성지로 존 웨인이 주연한 영화 '역마차'의 촬영지다. 붉은 먼지를 날리며 광야를 질주하는 역마차와 이를 습격하는 인디언들의 모습을 촬영한 영화의 장면들이 아직도 기억에 생생하다. 인디언들이 그토록 많은 희생을 치르면서 삭막한 땅을 지키려 했던 그곳에는 어떤 비밀이 숨겨져 있을까. 일억 팔천만 년의 시간을 품고 모뉴먼트밸리는 불그스레하게 침묵하고 있었다. 땅이 빙하에 깎여서 자국이 남으면 그랜드캐니언 같은 협곡이 되고 그 흔적이 평지에 솟아있으면 모뉴먼트가 된다.

이곳은 1860년 미 정부와의 전쟁에서 패한 나바호족이 1868년 정부와 '나바호 협정'을 맺고 그때부터 들어와 살고 있다. 나바호족의 언어는 자연과 어우러진 영혼의 소리 같아서 모르는 사람이 들을 때는 바람이 속삭이는 듯한 느낌을 준다. 영화 '윈드토커(Wind Talkers)'에는 2차 세계대전에 참전한 나바호족들이 그들의 언어를 가지고 통신병으로 활약한 내용이 나온다. 일본은 난해한 암호로 알고 해독하려고 애를 썼지만 바람의 숨결 같은 그들의 언어를 끝내 풀지 못했다.

고개를 완전히 뒤로 제쳐야 그 정상을 볼 수 있는 암벽들의 위용과

이어지는 끝 간 데 모를 붉은 푸라토의 행진 등 장엄한 신의 솜씨에 압도된다. 높게는 천 피트를 넘는 바위들이 나이 든 수녀의 모습으로, 혹은 승려의 모습으로 서 있다. 거대한 암벽들만 있는 곳, 풀 한 포기 나무 한 그루 없는 이곳을 나바호 인디언들은 조상의 얼이 서려 있는 땅이라는 이유로 보호구역으로 택했고 목숨을 버리며 지켰다. 존 웨인이 제로니모를 찾기 위해 절벽 위에서 인디언 부락을 탐색하던 '존 웨인의 절벽'도 옛 모습 그대로 거기 있었고 멀리 텅 빈 메사 위로 나바호 최후의 전사 제로니모의 분노에 찬 포효가 들려오는 듯했다.

'바람의 귀'를 뒤로하고 계곡을 떠나기 전 인디언들이 붉은 흙먼지를 날리며 북을 두드리고 노래를 한다. 그 소리는 외로운 사막의 바람에 실려 멀리 퍼져나갔다. 내용은 모르겠지만 곡조에는 긴 수난의 역사를 지닌 인디언의 애절함이 서려 있다. 바로 그 땅에서 죽어 붉은 흙이 된 조상들의 넋을 위로하는 조가이리라.

'바람의 귀'를 뒤로하고 계곡을 떠나기 전 우리도 아리랑을 불렀다. 북을 두드리고 다 같이 아리랑에 맞춰 덩실덩실 춤을 추노라니 일제의 핍박으로 조국을 떠나야 했던 선조들이 떠올랐다. 내 나라를 떠나 이제는 먼 타국에 뿌리를 내린 우리의 현주소에도 어쩔 수 없이 생각이 머물렀던 한순간이었다.

팬데믹 '감옥'에서 글쓰기

코로나19가 좀처럼 물러날 기세가 아니다.

인간을 제외하곤 모두가 반겨주니 지구에 아예 눌러앉기라도 하려는 것일까. 그동안 이 질병에 대해 많은 글을 보고 들어 이제 코로나19에 관한 논문 한 편쯤은 우리 모두 어렵지 않게 쓸 수 있는 경지가 되었다.

서가에 있던 책들도 거의 두세 번씩 읽어 새로운 것이 없고 우울한 나날이 이어진다. 아들이 '리비아모' 등 오페라 아리아와 경쾌한 행진곡들을 모아 CD를 구워서 갖다 주었다. 또 최대한 외출을 피해야 하는 내게 점심과 저녁 두 번, 며느리가 만든 음식을 날라 온다.

팬데믹 초기, 그렇듯 씩씩하던 아들에게도 한계가 왔다. 차츰 발길이 뜸하더니 기온이 곳에 따라 120도가 넘는 곳도 있다고 하는 지난달 어느 날, 아들은 데스밸리에 간다고 나섰다. 혼자 차를 몰고 가서 며칠

쉬고 온다는 것이다. 극지 체험인가, 하필이면 이 폭염에 데스밸리라니.

나와 며느리가 기를 쓰고 말렸다. 아들은 막무가내였다. 캠핑 도구와 라면 몇 개를 챙겨 아들은 뒤도 안 돌아보고 떠났다. 이 방법 외에는 그동안 코로나로 쌓인 스트레스를 풀 길이 없단다.

그 며칠간 아들은 스트레스를 풀었는지 모르지만, 아들 걱정에 피가 마르던 내게는 그 스트레스라는 것이 배나 더 쌓였다.

팬데믹 이후 딸은 매일 한 번 전화한다. 9월이 끝나가는 그 날도 밤 늦게 전화했다. 침대에 걸터앉아 통화하고 있는데 갑자기 천장이 빙글빙글 돌기 시작했다.

"지진이다." 놀라 소리쳤다.

"지진?" 딸은 의아해했다.

수 초 후 이번엔 들고 있던 전화기와 침대가 눈앞에서 발아래서 팽글팽글 돌았다. 조금 후엔 집채만 한 토네이도 같은 것이 왱왱거리며 다가오더니 내 몸을 방바닥에 메다꽂았다. 세사가 난맥처럼 얽히니 나도 돌아버리는가. 딸과 사위가 급히 달려왔다. 사위는 어지럼증 같다고 했다.

탈수가 원인 중의 하나라고 해서 하루에 두 컵 정도 마시던 물을 갑자기 네 컵 가까이 마셨더니 코에서 물비린내가 난다. 금요일에 주치의와 만날 약속이 잡혀 있어 그때까지 버텨보기로 했다.

머리를 조금 움직이면 나룻배를 탄 것 같은 멀미가 나고 조금 더 움직이면 통통배 수준의 현기증이 밀려왔다. 두 배 모두 몇 번 타 본 적이 없어 자세한 묘사는 불가능하다.

매일 혈압을 재고 혈당 체크와 코로나19 테스트까지 받았다. 모두 정상이었다. 하지만 머리가 조금만 흔들려도 어지럼증이 나니 할 수 있는 일이 아무것도 없었다.

꼼짝 않고 앉아서 글을 써보기로 했다. 줄이 그어진 종이는 보기만 해도 울렁증이 올라와서 백지 A4 용지에 머리를 박았다. 흘려 쓴 글씨로 서너 문단이 완성되면 컴퓨터에 넣어 pt 14로 글자를 키워서 다시 읽어보았다. 머리는 A4 용지에 고정한 채 눈을 간신히 치떠 화면을 응시했다. 차츰 머릿속이 고요해져 왔다. 놀랍게도 글 자락이 토리에서 실 풀리듯 풀려나왔다. 내 천직이 혹시 글쓰기인가? 그렇게 끊겼던 사유의 광맥을 다시 이어 오래 묵혀 둔 글들을 정리하고 신작 수필을 몇 편 쓸 수 있었다.

살아오는 동안 너무 많은 일에 마음을 두었던 듯하다. 동쪽에 분주한 일을 만들어 놓고 불현듯 서쪽으로 달려갔다. 앞뒤와 좌우로 머리를 돌리며 일상에 매달리고 세상 유익을 구하고 즐거움을 찾아 떠다녔다.

강제로 격리된 팬데믹, 불가항력으로 내몰린 어지럼증, 원고지 위에 머리를 고정하고 긴 영어(囹圄)의 세월을 견뎌보리라.

아버지의 애틋하고 '푸른 등'

E시로 집을 옮기면서 공기청정기를 새로 들여왔다.

모양도 날렵하고 소리도 조용해서 마음에 들었다. 집에 있을 때나 밖에 나갈 때나 항상 켜 놓았다. 집안 공기가 좋으면 푸른색, 조금 나쁘면 황색, 아주 나쁘면 빨간 등이 들어오고 모터 소리는 소음 수준이 된다.

얼마 전부터 밖에 나갔다가 집안에 들어서면 공기청정기의 청색이 갑자기 빨간색으로 바뀌는 것을 발견했다. 기계음 데시벨도 마구 상승했다. 내가 들어오면 집안 공기가 나빠지다니. 그 원인이 내 자신인 것을 깨닫는 데 그리 오랜 시간이 걸리지 않았다.

내 존재가 곧 공해였다. 나의 청정지역에 미세먼지와 세균을 잔뜩 거느리고 당신이 들어왔소. 외출복을 갈아입는 것, 전기 코드를 꽂고 커피를 내리는 것 모두가 내겐 공해요. 그래서 붉은 등을 켜며 목청을

돋우어 싫은 내색을 하는 것이요.

나는 푸른 세상에 분위기 메이커가 아닌 분위기 브레이커로 왔나 보다. 맑은 호수에 세사(世事)의 잡동사니를 잔뜩 둘러메고 첨벙 굴러떨어진 돌. 어쩌면 내 존재가 이 지구에 착지하는 순간부터 대지는 자상을 입었을지도 모른다.

서너 살 무렵으로 기억된다. 그 당시엔 아이들이 집을 한 번 잃어버리면 그길로 미아가 되는 일이 예사였다고 한다. 개인 전화도 흔치 않던 시절, 어른들은 그래서 아이들이 철도 나기 전부터 우격다짐으로 사는 집 주소를 따로 외우게 했다.

그 무렵 어느 봄날 지척인 가회동에 사는 고모가 우리 집에 들렀다.

"얘, 너 길에서 집을 잃어버려 나쁜 사람한테 잡혀갔는데 누가 집 주소를 물으면 뭐라고 할래?"

그 순간 어머니의 표정이 눈에 띄게 일그러졌다.

내가 아직 세상에 나오기 전, 내 바로 위로 태어난 딸이 애 보기 언니 등에 업힌 채로 어딘가로 끌려간 불행한 사건이 있었다. 경찰까지 동원되어 사흘 만에 화교촌에 납치되었던 아이를 찾았다. 사흘 동안이나 아무것도 못 먹어 탈진한 아이를 병원에 데려가는 대신 젊은 어머니는 품에 안고 젖을 먹였다. 오래도록 힘겹게 젖을 빨던 아이는 방안 하나 가득 설사를 하더니, 그대로 숨을 거뒀다고 한다.

고모가 우리 집의 뇌관을 건드렸다. 어머니의 아픈 역린을 건드린 것이다. 그날 고모는 집 주소를 외우고 있을 리 없는 어린 조카를 난처하게 할 심산이었는데 잠시 머뭇거리던 내가 또렷하게 대답했다고 한다.

"내가 주소를 알고 있었으면 왜 집을 잃어버렸겠어?"

그 무렵 늦도록 말문이 트이지 않아 어머니를 애태우던 내가 뜻밖에도 한 문장을 정확하게, 그것도 힐난조로 구사하자 슬픔으로 일그러졌던 어머니의 얼굴에 희미한 미소가 떠올랐다고 한다. 반전이었다.

그 뒤에도 종종 어머니의 '속을 뒤집던' 고모는 전쟁이 나기 전에 시댁이 있는 북쪽으로 시집을 가서 그 후로는 소식을 모른다. 아버지는 자주 먼 북녘 하늘 너머로 눈길을 보내시곤 했다.

어머니에겐 공해 수준이던 고모가 아버지에겐 그리운 혈육이었다. 어머니에겐 매사에 붉은 등이던 시누이가 아버지에겐 애틋하고 청정한 푸른 등이었음을 많은 시간이 지난 다음에야 깨달았다.

버리고 갈 것이 어디 그것뿐이랴

집을 줄여 이사 가기로 했다.

옮겨 갈 집을 결정한 후 나 자신에게 엄숙히 방하착을 선언했다. 처음엔 가구를 정리해서 갖고 갈 것과 버리고 갈 것을 분류하고 그런 다음 자잘한 가재도구들을 없앴다. 옷장마다 쌓여 있는 옷가지들까지 대충 여기저기 실어 보내고 나니 집이 이전보다 훨씬 깨끗해졌다. 그만 이 집에 눌러살지 하는 마음이 슬그머니 고개를 들었다. 오래된 편지와 서류들, 갖가지 상패들까지 모두 정리하고 차고로 나갔다.

차고엔 30여 년에 걸친 엄청난 구두 컬렉션이 나를 기다리고 있었다. 40대 이후에 체중은 사이즈 6에서 10까지 오르내렸지만, 발의 크기는 그대로이기에 구태여 신을 버릴 이유가 없었고 거기에 더해 구두에 대한 내 유별난 집착의 결과들이 신발장 세 개를 가득 채우고 있었다.

정장, 캐주얼 구두, 샌들에 등산화, 조깅화, 댄스 구두, 골프 구두

등이 색깔별, 계절별로 즐비했다. 그 외에 짧고 긴 목을 늘이고 있는 밤색, 자주색 부츠들. 아들과 딸의 결혼식 때 신어서 기념으로 간직하고 있는 화사한 비단신 등.

신발장 깊숙이 검은색 구두 한 켤레가 놓여 있었다. 남편의 구두였다. 병원에 마지막으로 들어가던 날, 힘들게 구두를 챙겨 신고 차에 오르는 그를 보면서 이이가 저 구두를 다시 신을 수 있을까, 싸한 아픔이 밀려왔다. 남편은 그 구두를 다시 신어보지 못하고 세상을 떠났다.

《수상록》에 나타난 몽테뉴의 죽음에 대한 사유와 단상에 대부분 고개를 끄덕이지만 한 구절, 〈우리는 사정이 허락하는 한 언제나 신발을 신고 떠날 채비를 해야 한다〉는 부분은 동의하지 않는다. 죽음이란 무슨 채비를 할 여유도 없이 오고 신도 없이 맨발로 가야 하는 길이기 때문이다.

천국 환송 예배에 그가 입을 옷을 챙기며 신던 구두를 정성스레 닦아 함께 넣어 보냈다. 심부름 갔던 이가 구두만 다시 갖고 돌아왔다. 망자에겐 신을 신기지 않는다고 했다.

아아, 그 길은 대체 얼마나 평탄한 길이기에 낯선 길을 처음 가는 이에게 신을 신겨 보내지 않을까. 장애가 있는 남편은 불편한 맨발로 그 먼 길을 어찌 홀로 걸어갈까. 슬픔을 가누기 어려웠다. 남편은 평발이었다. 결혼 후 오래도록 나는 그의 장애를 눈치 차리지 못했다. 그날 그 일이 있기 전까지는…

아들이 네 살 무렵이었다. 집 앞 골목에서 놀고 있는 아이 뒤로 커다란 트럭 한 대가 후진하고 있었다. 그 광경을 이 층 창문에서 내려다본 순간, 나는 외마디 소리를 질렀다. 거리는 너무 멀고 아이와 차의 간격은 절망적이었다.

그때 퇴근하는 남편의 모습이 시야에 들어왔다. 남편은 필사적으로 아이를 향해 뛰었다. 그 순간 그의 한계를 처음 보았다. 아이가 처한 절체절명의, 다시없을 위급한 상황에도 그렇게밖에 속도를 내지 못하는 그의 안타까운 신체적 한계를.

남편은 자신의 불편함을 일상생활에서 전혀 나타내지 않았다. 몸의 핸디캡을 의젓이 감내하며 최선을 다하는 남편에게 나는 늘 빨리빨리 재촉하며 성급하게 굴었다. 신혼 초에는 천천히 걷는 그의 자세가 무척 멋있어 보였지만 차츰 남보다 느린 그의 걸음걸이에 마음이 쓰이기 시작했다. 잰걸음으로 앞서가며 재촉하듯 뒤를 돌아보곤 했다. 땀에 흥건히 젖은 남편의 품에서 아이를 받아 안으며 그에 대한 안쓰러움과 미안한 마음을 누를 길이 없었다.

이 세상 떠나는 날, 단 한 켤레도 신고 가거나 지니고 갈 수 없는 신발. 하지만 하나님 앞에 갖고 갈 수 없는 것이 어디 그것뿐이겠는가. 남편이 떠난 후에도 십 년 넘도록 간직해 온 그의 구두와 함께 계절이 바뀔 때마다 그토록 가슴 설레며 신어보고 거울에 비춰 보며 사 모아 놓은 나의 집착들을 하나둘 내려놓았다.

먼 남쪽 길

1950년 6월, 첫 포성이 들려온 지 얼마 지나지 않았는데 집 앞 큰길에 처음 보는 군인들이 나타났다. 미처 피난을 떠나지 못한 우리 집은 그날부터 북한 치하에서 석 달을 지냈다. 아버지는 수염을 덥수룩하게 기르고 파스와 나이드라지드 등을 자리 옆에 늘어놓아 결핵 환자로 위장했다. 서울 점령 직후 '받들어총'하고 가택수색을 들어왔던 앳돼 보이는 인민군 두 명은 폐병 환자라는 말에 질겁을 하고 수색하는 둥 마는 둥 다음 집으로 넘어갔다.

이승만 정권의 '농지개혁법'이 발표되자마자 우리 소유 농지 대부분을 소작농들에게 헐값에 넘긴 아버지는 '악덕 지주'를 겨우 면하고 무사할 수 있었는데 북한군의 군량미 싹쓸이로 서울에선 쌀 구하기가 어려워졌다. 처음 얼마 동안은 집에 있던 양식으로 버틸 수 있었지만, 곧 식량이 바닥났다.

아버지는 서울 근교의 농가에 가서 쌀을 조금씩 구해 오셨다. 9·28 서울 수복이 멀지 않던 그 날도 쌀과 맞바꿀 이런저런 옷감을 준비하며 어머니는 전에 없이 늑장을 피웠다. 아버지는 예정보다 30분쯤 늦게 광나루에 도착했고 그곳은 30분 전 미군의 폭격으로 다리는 부서지고 주변은 아수라장이 되어 있었다.

어머니에 의하면 아버지의 '천운 릴레이'는 일본 강점기 때부터 시작됐다고 한다. 태평양 전쟁이 터지자 일본 기업에서 촉탁을 지내는 아버지에게까지 징집령이 떨어졌다. 어머니는 가까운 친척과 지인 집에 아버지를 피신시키고 주재소에서 호출이 오면 일부러 어린 나를 업고 가서 볼기를 꼬집어 울리고 또 달래면서 아버지의 소재에 대해 얼버무렸다고 한다.

전쟁이 막바지로 치닫던 때, 아버지는 원서동에 사는 일본 현직 중의원 집에 피신했는데 그 대가로 우리가 사는 계동 집을 훗날 양도하기로 약속했다. 패전 후 그는 일본으로 달아났고 아버지는 무사하셨지만, 그 중의원에게 다리를 놓았던 둘째 외삼촌의 집요한 요구로 우리 집을 외삼촌에게 넘겨주어야 했다.

내 태를 묻은 계동 집은 예전에 고종 황제가 아들 이강 공에게 결혼 선물로 지어 준 집이라고 했다. 계동 집을 떠나 쌍림동의 적산 가옥으로 이사했고 학예회나 운동회 때 언니들을 따라다니며 나도 입학하게 될 날을 손꼽아 기다리던 '재동초등학교' 대신 우리 학군인 '방산초등

학교'에 입학했다.

우리 집을 빼앗은 외삼촌네는 서울 수복 때, 외숙모가 고등학교 졸업반이던 큰 오빠를 데리고 감쪽같이 월북해 버렸다. 할머니가 계시는 큰 외삼촌 댁이나 이모들과는 친밀하게 지내면서 막내아들을 데리고 불우하게 지내는 둘째 외삼촌에게는 냉랭하게 대하던 부모님의 집에 얽힌 사연을 먼 훗날에 알았다.

허름하지만 널찍한 적산 가옥으로 이사할 때를 기다렸다는 듯이 이북에서 우리 집으로 아버지의 일가들이 대거 몰려오기 시작했다. 2층의 12조 다다미방은 아버지의 육촌 형과 네 자녀가 차지했고 8조 방은 아버지의 당숙과 두 아들이 썼다. 4조 방엔 아버지의 조카, 사촌, 육촌들이 짧게는 한 달에서 길게는 석 달 동안 남한에 정착할 때까지 들락날락했다. 아버지는 이들의 정착을 돕느라 허리가 휘었지만, 쌍림동 집의 하루하루는 참으로 버라이어티했다. 언니들은 가끔 왕래는 했지만 이젠 아침저녁으로 만나는 여러 오빠의 먼 북쪽 대륙 여행기 등을 흥미 있게 들었고 나도 질세라 그들의 대화에 끼어들곤 했다.

"귤이 회수(淮水)를 건너면 탱자가 된다."라고 했던가. 8조 방 할아버지는 대대로 내려오던 문전옥답을 버리고 임진강을 건너온 탱자였다. 하루아침에 '인민의 적'으로 몰려 선산과 토지와 물 깊은 고논을 모두 버리고 야음을 틈타 남쪽으로 피신한 대지주였던 할아버지는 이 현실을 당최 믿을 수 없었고 공산당이라면 치를 떨었다. 귤이었던 시절을 못내 그리며 길에서 고향 분을 만나 약주라도 한잔하신 날은 집안이 떠들썩하게 한을 풀어 놓으셨다.

집안의 모든 재산은 장자인 2층 할아버지네가 물려받았고 지차였던 우리 할아버지 자손들은 각자도생했지만, 아버지는 종가의 몰락을 누구보다 가슴 아파했다. 항렬만 높을 뿐 나이는 몇 살 차이 나지 않는 종손인 당숙을 더없이 깍듯이 대했다.

석 달이 지난 9월, 우리에겐 2차 대전 때 연합군의 노르망디 상륙 사건에 비할 인천 상륙작전이 성공해서 서울은 공산당의 치하에서 벗어났다. 그런데 그 지긋지긋한 인사들이 겨울에 또 몰려올 것이라는 믿기 힘든 소문이 돌았다.

6 · 25 전쟁 기간에, '미국은 핵을 쓸 의사가 없고 만주를 사수할 계획도 없으며 한반도에서 제한적인 전쟁만 벌일 것'이라는 기밀을 소련과 중공은, 영국 해외 정보기관에서 활약하던 이중 스파이들을 통해 입수했다고 한다. 확전의 염려 없이 그들이 한반도를 마음껏 유린할 수 있었던 이유다.

서울이 함락되기 전날 밤, 2층 할아버지는 징집 적령기의 두 아들을 데리고 꿈에도 그리던 고향 땅에서 더 멀리 남쪽으로 떠났다. 병약한 당숙모는 8조 방에 남겨둔 채. 그 여름이 가고 가을이 지나고 겨울이 깊어 질 무렵, 우리도 먼 남쪽으로 길을 떠났다.

5 ∴ 등나무 그늘에서

구름 나라에 간 사랑이

어릴 때, 집안에는 내가 돌보는 고양이가 늘 서너 마리씩 있었다. 그중에서도 살찌니는 특히 나를 따랐다. 대문에서 본채가 멀리 떨어져 있고 초인종도 없던 시절, 보충수업을 받고 모두 잠든 뒤에 집에 오면, 살찌니는 대문 고리를 달그락거리며 안채의 식구들을 깨우려고 야옹거렸다. 하지만 애들을 질색하는 언니가 밤늦게 대문을 두드리는 날은 살찌니는 대문 곁에 미동도 없이 앉아 있었다. 그런 날 잽싸게 피하지 않으면 언니 발길에 살찌니는 가차 없이 채였다.

어느 해 우리 집이 이사하는 날, 부모님은 우리가 등교하고 난 뒤에 이삿짐을 옮겼다. 학교가 파하고 새집으로 와 보니 아이들이 보이지 않았다. 나는 옛집으로 달려가 아이들을 집으로 데려왔다. 아직 다 자라지도 못한 것들을 길거리로 내몰 수는 없었다. 탈 것에는 짐승을 태우지 않는다는 미신이 있던 시절, 고양이 공수 작전은 마치 007 작전

과도 같았다. 책가방 속에 아이들을 숨겨서 전차를 타자마자 가운데로 비집고 들어가서 아이들이 울음소리를 내지 않도록 다독였다. 책가방에서 고양이 두 마리를 풀어놓자 어머니는 혀를 차며 기막혀하셨다. 그중 제일 영리했던 희망이는 우리가 이사 간 사실을 알고 진작에 새 주인을 찾아 떠났는지 보이지 않아서 끝내 못 데리고 온 것이 두고두고 후회되었다.

LA에 와서 행콕 팍에 살 때 기르던 밀키는 털이 눈처럼 희고 매끄러운 미인으로 인기가 많아서 일 년에 한두 번, 꼭 네 마리씩 새끼를 낳았다. 네 마리 형제는 태어나는 순간부터 성격이 판이하게 달랐다. 한 놈은 들어 올리면 눈도 뜨지 못한 주제에 활처럼 몸을 돌려 내 손을 할퀴려고 들었다. 두 놈은 무덤덤하게 몸을 맡기는 편이고 넷 중의 하나는 젖도 떼기 전부터 사람의 손을 즐기는 기색이 역력했다. 그렇게 몇 대를 지나며 가장 사랑스럽고 순해서 우리 집 적자의 자리에 오른 것이 우윳빛 털에 푸른 눈이 고운 '사랑이'었다.

사랑이는 다른 아이들처럼 밖으로 나돌지 않았다. 늘 내 곁을 맴돌았다. 애들을 한 번에 몰아서 목욕시키는 날은 아들, 딸 다 동원해도 화장실이 아水라장이 되고 세 사람 중의 한 사람은 어디거나 한 곳은 할퀸 상처가 나게 마련이었다. 사랑이만 그토록 싫은 일을 조신하게 협조했다. 조용하게 입욕하고 얌전하게 몸을 말리고는 했다.

어느 해 크리스마스 무렵, 지인의 집에 저녁 초대를 받아 가게 되었다. 다른 아이들은 보이지 않았고 사랑이만 내 무릎에서 자고 있었다. 긴 외출이 될 것 같아서 사랑이를 밖에 내보내고 문을 잠그고 떠났다. 밤늦게 돌아와 보니 다른 아이들은 다 뒤뜰에 돌아와 있는데 사랑이만 안 보였다. 밖엔 겨울비가 추적거리고 있었다. '비도 오고 하니 밤늦게라도 돌아오겠지'하고 잠자리에 들었다.

날이 밝았는데도 사랑이는 돌아오지 않았다. 급히 사랑이를 찾아 나섰다. 사랑아, 사랑아, 부르며 집 주위를 도는데 산책하던 어느 백인 할아버지가 나를 불렀다. 저쪽 골목에서 무언가를 보았다고 했다. 가슴이 쿵 하고 내려앉았다. 사랑이는 싸늘하게 길가에 누워있었다. 잠도 덜 깬 애를… 밤길이 익숙하지도 않은 것이 비척거리다 차에 치인 것이다. 그 자리에 우산을 던지고 주저앉아 울고 또 울었다. 어디 가서 사랑이를 다시 만날까, 영혼이 없는 사랑이를 다시 볼 수 없다는 사실을 받아들일 수 없었다.

석 달이 지난 어느 저녁 무렵의 일을 지금도 잊을 수 없다. 110 프리웨이를 달리고 있는데 먼 하늘에 찬란한 새털구름이 눈에 들어왔다. 그 순간이었다. 사랑이가 저 구름 나라에 갔구나! 불현듯 깨달음이 왔다. 가슴을 조여오던 슬픔이 그 순간 신기하게도 씻은 듯이 사라졌다. 사랑이가 마지막 안간힘으로 내게 위로의 메시지를 보내는 순간이었다.

그 후로 어떤 아이도 집에 들일 수 없었다. 지금도 전에 살던 동네에 가면 사랑이가 어디선가 나타날 것만 같다.

홋스퍼 스타디움의 햇살

지난달 27일, 프리미어 리그 토트넘 홋스퍼와 크리스털 팰리스의 시즌 10라운드 경기가 팰리스 구장에서 열렸다. 손흥민 선수의 결승 골로 토트넘이 2:1로 승리했다. 경기가 끝난 후 스콧 파커는 손흥민의 골에 감탄하며 이렇게 말했다.

"인생에는 피할 수 없는 것 세 가지가 있다: 죽음과 세금과 손흥민의 골이다. (There are three certainties in life: death, taxes and a Son goal)"

죽음과 세금만큼 상대 팀으로서는 피하고 싶었던 치명적인 한 방이었다는 뜻이었을 것이다. 한 골 차이로 뒤지고 있던 팰리스는 한 골을 넣어 동률을 만들고 다시 한 골 추가하여 승리를 노리는 원대한 계획을 세우고 있던 참에 손 선수의 한 골을 맞아 순식간에 패색이 짙게 되었다. 손 선수는 그날 골로 리그 8호 골을 기록했고 토트넘은 23~24시즌 리그 최상위 순위에 당당히 이름을 올렸다.

야구는 투수들의 놀음이고 축구는 감독들의 놀음이라는 말의 뜻이 요즈음처럼 가슴에 와닿은 적이 없다. 물론 그동안 손 선수의 부상이라던가 팀의 전략이라던가 하는 여러 요인이 있었지만 새로운 팀 감독을 만나서 손 선수는 필드에서 펄펄 날아다닌다. 새 감독의 축구 전략과 구상에 꼭 맞아떨어진 것이거나 손 선수가 그에 맞추었거나 축구의 문외한으로서 잘은 모르겠지만 어찌 됐든 그것은 그리 중요하지 않다.

공격하고 점령하고 빼앗기고 쓰러지고, 마치 전쟁 상황을 중계하는 것으로 착각이 들 정도로 험한 용어가 오가는 축구 경기다. 손 선수는 그 전쟁터의 최전방에서 적을 향한 날카로운 공격을 터뜨리고 곧 만면에 함박웃음을 띄운다. 손 선수의 그 햇살 같은 미소는 살벌한 전쟁터에서 마치 휴전이 선포된 것과도 같은 안도를 우리에게 준다. 전쟁이 막바지에 이르렀음을 알리고 그것이 승전고일 때와도 같은 더없는 기쁨을 우리에게 선물한다.

요즈음 손 선수의 경기가 있는 날은 모든 스케줄을 뒤로 미루고 경기를 본다. Peacock TV에서 자주 중계한다. 딸아이는 축구를 즐기지 않지만, 손 선수의 경기는 프리미어리그이거나 대한민국 국가 대표팀 경기거나 A매치거나 가리지 않고 중계하는 채널을 찾아서 내게 알려준다. 토트넘 홋스퍼는 지난 60여 년 동안 리그 승리의 컵을 들지 못했다. 그 승리를 찾아 오래 몸담은 친정 팀을 버리고 다른 구단으로 간 선수도 있다.

사우디아라비아 구단의 영입 제안을 거절하며 이 아름다운 대한민국 청년은 이렇게 말했다. "전에 기성용 형이 대한민국 국가 대표팀의 주장은 중국팀에 가지 않는다고 말했다. 나도 사우디에 가지 않는다. 좋아하는 프리미어리그에서 계속 뛰고 싶고 아직 여기서 할 일이 많다. 돈은 내게 지금은 그리 중요하지 않다"라고 말하며 어마어마한 연봉을 앞세운 알 이티하드의 영입 제안을 거절했다.

You are my Sonshine,

my only Sonshine.

You make me happy,

home and away.

And when it's pouring,

you keep on scoring.

So please don't take my Sonny away.

토트넘의 손흥민 선수 새 응원가다. 그는 참으로 햇살 같은 사람이다. 우리는 어쩌면 그의 우승보다 그의 미소를 보기 위해 그의 경기를 열심히 시청하는지도 모른다. 그의 밝은 미소가, 그 햇살이 오래도록 저물지 않고 빛나기를 소원한다.

등나무 그늘에서

1950년 6월, 전쟁으로 모든 것이 엉망이 되었다.

국군은 한반도 북쪽 끝까지 모두 회복했는데 중국 공산당이 이웃 나라 전쟁에 끼어들었다. 가재도구와 집을 버리고 우리는 남으로 피란을 떠났다. 휴전이 이루어져 포성은 멈췄지만, 전운은 그 뒤로도 오랫동안 휴전선 부근을 감돌았다. 만주에 핵폭탄을 투하하기를 원했던 한국 전쟁 사령관 맥아더 장군을 트루먼 대통령이 해고하지 않았더라면 지금 세계는 어떤 모양일까, 역사에 가정은 있을 수 없지만, 안타까운 마음이 남아 있다.

피란지 부산에서 1956년, 나는 경남여고에 진학했다. 전쟁이 한창이던 때, 대한민국의 '제5 육군병원'으로 쓰이던 학교는 건물은 남아 있었지만, 전선에서 끊임없이 부상병들이 실려 들어오고 시신들이 실려 나가던 운동장엔 들풀 한 포기 남아 있지 않았다. 교실이 부족해서

신입생들은 운동장 한쪽에 설치된 천막 교실에서 공부했다.

전쟁통에 우리 학교 부근에 살던 어느 작가가 쓴 단편을 읽었다. 화자의 다섯 살짜리 아들은 전쟁 전에 집 부근 우리 학교 운동장을 놀이터로 삼아 해가 질 때까지 놀았다. 그 학교에 제5 육군병원이 들어서자 아들은 놀이터를 빼앗겼다. 학교 놀이터에 계속 잠입을 시도했지만, 정문에는 총을 든 무서운 보초 아저씨가 있었다.

줄거리는 그 어린 아들과 육군병원 헌병 보초와의 포연 속에 핀 우정과 실랑이를 그리고 있다. 제목은 생각나지 않지만, 그 내용에 무척 감동했던 기억이 있다. 작품 속에서는 그 아들이 병사하는데 후에 작가의 어린 아들은 살아서 훌륭한 소년으로 성장한 사실을 알고 모두 기뻐했던 기억도 생생하다. 그렇게 황폐한 교정 모퉁이에서도 우리의 꿈은 피어났다. 발레리와 테니슨을 읊고 '슬픔이여 안녕'을 읽으며 우리의 꿈은 익어갔다.

1959년에 나는 서울의 대학교에 입학해서 정든 교정을 떠났다. 졸업 후 미국으로 유학을 떠났고 유학 중에 남편과 결혼하고 30여 년 동안 한 번도 그 캠퍼스를 가지 못했다. 전쟁통에도 교정 한 구석에 등나무 그늘은 보존되어서 점심을 먹고 그 그늘에서 즐겁게 이야기꽃을 피우던 날들의 기억이 지금도 생생하다.

얼마 전 갑상선 수술을 받았다. 갑상선은 과잉 진료가 많다느니 착한 암이라 예후가 그리 나쁘지 않다는 말을 들은 터라 차일피일 수술을 미루었다. 세컨드 오피니언, 서드 오피니언까지 섭렵하다가 급기야 아이들의 성화같은 재촉을 받고서야 수술 날짜를 잡았다.

수술보다도 수술 한 달 후에 받은 레디오액티브 아이오다인 치료가 훨씬 힘들었다. 가로 1m, 세로 60cm의 동판 너머의 세상으로부터 2박 3일의 단절을 강요받았다. 사흘째 아침, 병실 문을 열고 들어오는 온콜로지 닥터의 손에 들린 건(gun)을 긴장해서 주시했다. 동판 너머에서 나를 향해 건을 쏜 후 레디에이션 수치를 확인하던 그의 표정에 안도의 빛이 떠올랐다.

'병마에서 건져주신 하나님께 감사 헌금'을 드린 날, 부끄러웠다. 그리 아니하실지라도 감사했어야 하리라. 수술 후 나온 패톨로지 리포트에 여포상암이 아닌 갑상선 암 가운데 가장 예후가 나쁘다는 미분화암으로 판명되었더라도, 설사 다른 기관으로 전이가 진행되었다 하더라도, 아니 나이 때문에 수술 자체가 아예 불가능하다고 했더라도 모든 것이 하나님 은혜인 것을 깨달았다.

긴 일생 동안 알게 모르게 나를 도와준 사람들, 나를 키워 준 내 조국 대한민국, 내게 일터와 가정과 행복을 안겨 준 미국과 그리고 받을 자격이 모자라지만 나에게 변함없는 행운을 안겨 준 우주의 모든 신에게 감사하는 요즈음이다.

고래의 꿈

해 질 무렵이면 이 층 서쪽으로 난 창문 밖으로 멀리 보이던 카타리나 섬이 손에 잡힐 듯 가까이 다가온다. 바다는 온통 수채화 물감통을 뒤엎어 풀어 놓은 듯, 머지않아 수평선 뒤로 사라질 노을과의 스킨십으로 천만 가지의 색깔로, 형형색색의 무늬로 출렁인다. 곧 끝없는 어둠 속으로 가라앉기 전 마지막 순간을 위해 석양은 바다 위에, 물결의 꽃 수의(壽衣) 위에 붓질을 덧입혀 놓는다.

고래의 이동이 시작되었다고 신문 기사가 나면 평소엔 한적하던 롤링힐스 언덕길마다 관광객들의 자동차 행렬이 줄을 잇는다. 아침 일찍 출근하는 주민들의 자동차가 모두 떠난 도시에 오후가 되면 카타리나 섬을 배경으로 고래 떼의 군무를 보려는 차들이 몰려든다. 어둠이 내려앉고 그 차들이 다시 언덕 아래를 향하고 나면 전체 주민 발의로 길에 가로등을 설치하지 않은 도시 전체가 완전한 어둠에 파묻혔다.

꾸르억 꾸르억, 도시의 불빛도 보이지 않는 온통 먹물 같은 어둠 속에서 고래들이 천둥 치듯 울음소리를 냈다. 이동하는 철이 아니라도 간간이 바다에서 솟구쳐 오르던 고래의 모습은 밤이면 볼 수 없었고 Marineland에서 애끓듯 토해내는 고래의 긴 울음소리는 자주 단잠을 방해했다.

조련사들이 던져주는 생선을 받아먹으며 그들과 함께 솟구치고 날아오르고 잠수해서 물살을 가르며 관광객들의 칭찬에 취해 낮시간을 보낸 고래들은 밤이면 쉬이 잠을 이루지 못했다. 먼바다를 유영하던 그 시간을 그리는 것일까. 바로 옆에 격해 있는 가깝고도 먼 태어난 고향, 바다에로의 탈출을 꿈꾸며 좁은 수조에서 밤을 뒤척인다. 언제부터 고래는 사람들의 가스라이팅에 취하게 되었을까.

가스라이팅이라는 단어는 영국 극작가 패트릭 해밀턴(1904~1962)이 1938년에 발표한 희곡 '가스등(Gas Light)'에서 최초로 사용된 말이다. 그 뜻은 '자신의 이익을 위해 타인을 속이는 행위', '타인의 심리를 조작해 지배력을 강화한다'라는 등의 의미인데 주로 부부간의 정서적, 언어적 학대, 직장 동료, 친구 관계, 연인 사이와 이단 종교 단체에서도 일어날 수 있다.

사전출판사 메리엄 웹스터는 2020년에 '팬데믹'을 올해의 단어로 선정했고 2021년에는 '백신'을, 2022년에는 '가스라이팅'을 올해의 단어로 정했다. 가스라이팅이 전년보다 1,740배의 검색 증가를 보였다고 했다. '거짓말을 멋지게 표현한 단어'라고 하는 가스라이팅의 정의로 보아 자존감이 낮은 사람들은 이의 피해를 입기 쉽다.

동남아시아 코끼리들은 본래 몹시 사납고 길들이기가 어렵다고 한다. 코끼리들을 꼼짝달싹할 수 없는 좁은 공간에 가두어서 쇠사슬로 묶어 놓고 때리며 사슬을 끊어 버리려는 몸부림을 포기할 때까지 길들인다고 한다. 태국의 '파잔'이라는 이 코끼리 길들이기는 인간 잔인함의 극치인데 결국 인간이 내 주인이라고 가스라이팅 당한 코끼리들은 후에 족쇄가 모두 풀려도 달아날 줄을 모른다고 한다.

고래는 체중 대비 뇌의 크기가 인간과 흡사하다고 한다. 고래의 IQ는 80 정도로 3~5세 아동의 지능지수와 비슷한데, '너는 인간을 즐겁게 하기 위해 태어났다'라는 인간의 가스라이팅에는 속수무책이다. 끝없이 넓은 대양을 헤엄치며 얼마든지 구할 수 있는 작은 먹이를 인간에게서 구차하게 받아먹으며 낮엔 몸을 솟구치고 물속에 거꾸로 내리꽂히며 박수에 취했다가 좁은 수조 안에서 몸부림치며 밤을 보낸다.

사람들은 자신이 가스라이팅 피해자라는 것과 상대방이 가스라이터라는 사실을 깨닫는 순간이 치료와 회복의 시작이라고 한다. 이에 반해 동물들은 구제받을 길이 없다. 인간 스스로 자연 질서를 파괴하는 이런 행위들을 끝내는 수밖에 다른 방법이 없다는 생각이다.

오래전에 머린랜드는 문을 닫았다. 서향 침실 침대 위에 깔아 두던 푸른 이불이 햇볕에 색이 바래 회색이 될 때까지 살던 집을 떠난 지도 오래전이다. 바다를 날아오르던 청색 비늘이 회색이 되도록 피 울음을 울던 고래의 꿈은 이루어졌을까. 그 꿈은 태어나 자란 먼 고향에로의 탈출이었을까, 사람들의 환호와 박수 소리에 가스라이팅을 당한 고래의, 한낮을 기다리는 한여름 밤의 꿈이었을까.

지금도 가끔 잠이 안 오는 밤이면 고래의 울음소리를 듣는다.

못다 한 것은 모두 그립다

오후 강의에 가려고 막 교문을 들어서는데 군복 차림의 한 남자가 다가왔다. 차렷 자세로 거수경례를 하곤 화학과의 김○○이를 좀 불러 줄 수 있겠느냐고 했다. 화학과 실험실에서 키가 작고 얼굴도 까무잡잡한 김○○이를 보고 조금 안도하는 나 자신에 놀랐다.

다음 목요일 오후 군복은 또 교문 앞에서 서성거리고 있었다. 그때는 대부분의 강의가 끝나는 시간이어서 모두 하교하는 중이었고 나는 교정으로 들어서는 참이었다. 부탁할 사람이 마땅찮던 그가 교정 쪽으로 향하는 내 쪽으로 다가오다가 나를 알아보고 멈칫 망설이는 모습이 보였다.

"김○○이 불러 드려요?"

다가가 묻자, 그는 보일 듯 말 듯 미소를 지으며 고개를 끄덕였다. 그의 어깨 위의 소위 계급장에 오후의 엷은 햇살이 한 줌 내려앉아 있었다.

매주 목요일 오후가 되면 교문 쪽을 두리번거렸다. 그의 모습은 더는 보이지 않았다. 경춘선의 기적이 아스라하게 들려오던 교정의 청량대에서 그 봄을 보내는 동안 내 생애 처음의 기다림은 그렇게 피고 졌다. 못다 한 것은 모두 그립다.

코로나로 스테이 앳 홈과 1차 2차 봉쇄가 계속되어서 가까운 산책로도 나가기가 꺼려진다. 아이들이 의논 끝에 집에 트레드밀을 들여놓아 주었다. 생애 세 번째 만나는 트레드밀이다. 자그마해서 정겨운데 이번엔 제대로 주인을 만났기를 바라는 마음이다.

40대 중반에 체중이 늘어 처음으로 트레드밀을 구입했다. 얼마 동안 열심히 운동하는 중에 우연한 기회에 부근에 있는 헬스클럽에 가입하게 되었다. 그때부터 나의 트레드밀은 쓸모없는 가구로 전락했다. 어느 날, 집 청소를 하러 오던 로사가 '좋아라'하며 들고 갔다.

몇 년 후, 두 번째 트레드밀을 구입했다. 모양도 아담하고 소음도 거의 없었다. 하루 두 번씩 사용하다가 사흘에 한 번, 일주일, 열흘로 멀어졌다. 그때쯤 새벽에 해안가를 달리는 조깅 재미에 푹 빠졌을 때였다. 아이들이 모두 대학으로 떠나고 남편도 그쪽은 쳐다보지도 않아서 머신 위에 먼지가 소복소복 쌓였다. 어느 날, 집에 오던 정원사가 아들을 데리고 와 함께 들고 갔다.

내 세 번째 트레드밀은 정말 멋지다. 혈압과 당뇨 수치, 그리고 콜레

스테롤이 모두 경계선에 있다는 주치의의 경고뿐만이 아니고 선물해 준 아이들의 마음을 생각해서 열심히 운동하기로 마음먹었다. 밤과 겨울과 그리고 비 올 때가 책을 읽기에 가장 좋은 때라고 하는데 운동하기에는 지금처럼 좋은 때도 없지 싶다. 가까운 이들의 체온을 느낄 수조차 없는 팬데믹 세월, 겨울보다 마음은 더 추운 이 계절에 30분 정도 뛰고 나면 땀이 나고 체온이 오른다. 낮에도 밤처럼 외출이 꺼려지고 봄꽃이 들판을 덮어도 꽃 사이를 두루 다니며 그 향기를 맡아 볼 용기를 낼 수 없는 요즈음에랴.

아침에 눈을 뜨면 창문을 열고 트레드밀과 함께 달리노라면 예전에 떠나보낸 나의 두 트레드밀은 지금은 어디서 누구와 함께 땀을 흘리고 있을까 궁금해진다. 처음 트레드밀을 구입했을 때 열심히 운동했더라면 지금의 완연한 중년의 몸매를 면했을 터인데 안타깝다. 운동과 어울리는 행진곡을 찾아 귀에 꽂는다. '빈의 행진곡'을 들으며 합스부르크가의 영욕을 생각한다.

프랑스의 왕과 정략 결혼한 오스트리아 왕녀 마리 앙투아네트를 루이 16세의 누나들은 무척 싫어했다. 처음엔 그녀를 autrichienne(오스트리아 여자)라고 부르다 나중엔 autruchienne(타조와 개의 합성어)라고 불렀다. 양국 간의 화합도 이루어 내지 못하고 프랑스 혁명의 와중에 얼떨결에 단두대에서 진 그녀의 짧은 생이 안타깝다. 짧았던 것은 모두 안타깝다.

세 번째 트레드밀에서 운동하며 먼저 간 남편 생각을 한다. 진작 함께 운동하지 못한 것이 후회된다. 남편은 운동은 고사하고 퇴근하면 손을 씻고 곧장 식탁으로 직진해서 저녁을 먹었다. 그 자리에서 거실로 옮겨서 TV를 시청하다 스포츠 뉴스가 끝나면 침실로 곧바로 향하는, 불필요한 행보는 반걸음도 하지 않는 사람이었다. 위암 3기 진단을 받고 수술 끝에 나온 패톨로지 리포트는, 'not curable, but controllable'이었다.

짧은 치료 기간을 뒤로하고 그는 이 땅에서의 삶을 끝냈다. 일생을 열심히 살아온 그답지 않게 가는 길은 참으로 성의가 없었다. 못다 한 것은 오래도록 그립다.

어떤 감사

교회 뜰에 한여름의 눈 부신 햇살이 쏟아져 내리고 있었다.

천천히 차를 주차하고 건물 안으로 들어섰다. 삼십 대 초반인 지인의 아들이 뜻밖의 사고로 세상을 떠났다. 그 아들에 대한 부모의 남달랐던 기대를 아는 터라 위로할 말조차 떠오르지 않았다. 인간의 생사화복이 하나님의 뜻이라고는 하지만 이렇듯 젊은 죽음에 이르러서는 참으로 하나님의 뜻을 헤아리기 어렵다.

식장에 들어서며 고인의 부모를 찾았다. 그들은 만면에 웃음을 띠고 조문객들을 맞고 있었다. 아들이 천국에 갔으므로 감사하다는 것이다. 그 순간 나도 그들과 한가지로 감사하다고 말해야 할지, 그래도 애석하다고 해야 할지 할 말을 잃었다. 이것이 진정한 믿음일까, 신앙적인 위선일까, 극도의 슬픔과 고통으로 정상적인 사고의 기능이 마비라도 된 것일까?

식이 시작되었다. 주례자는 오늘 예배의 모든 순서가 고인 부모의 요청으로 잔칫집의 분위기로 진행될 것임을 알렸다. 기도는 그를 특별히 사랑하여 일찍 불러 가신 하나님께 대한 감사로 이어졌고 설교는 죽음 뒤에 올 부활의 소망에 초점이 맞춰졌다. 천국 문에 다다르고 있을 그의 발걸음에 힘을 북돋아 주려는 듯 활기찬 찬송을 끝으로 우리는 젊은 고인을 위한 천국 환송 예배를 마쳤다.

여기저기 아는 얼굴들과 가벼운 눈인사를 주고받으며 나올 때였다. 한쪽 구석에서 어깨를 들썩이며 오열하는 한 여인이 눈에 띄었다. 고인의 약혼녀였다. 어깨를 덮은 윤기 나는 머릿결이 애처롭게 흔들렸다. 순간 그 자리에 못 박힌 듯 움직일 수 없었다.

긴 세월 동안 그녀는 그와 몸을 나누며 행복한 삶을 이어 가려고 했으리라. 아침에는 그의 체취를 느끼며 눈을 뜨고, 저녁에는 그의 팔에 안겨 잠들 꿈을 꾸었을 것이다. 그의 육신을 빌어 아이를 낳고 그 아이가 자라며 줄 그 많은 즐거움을 그와 함께 누렸어야 했다. 부모의 친지들이 애써 밝은 표정을 짓고 그의 영혼을 높은 곳으로 밀어 올리고 있을 때 그녀는 그녀에게 익숙한 낮은 곳에서 그의 육신을 붙잡고 싶었을 것이다. 그의 죽음은 그녀에게도 감사의 제목으로 다가와야 하는가.

감사(感謝)라는 단어는 느낄 감(感)과 사례할 사(謝)로 되어 있다. 사(謝)자는 말(言)과 몸(身)에 손(手)을 붙여 놓은 단어다. 진정으로 감사하는 자세는 마음으로만 감동하는 것이 아니라, 말로 나타내고 몸으로 표현하고 손으로 헌신한다는 뜻일 것이다. 감사에 '사'는 없고 '감'만 있을 때 그것은 진정한 감사가 아닌 느낌 수준의 감사에 지나지 않는다.

서둘러 밖으로 나왔다. 교회 뜰에는 눈부신 햇살 대신 저물녘의 눅진함이 깔려있었다. 고작 서너 시간도 못 버틸 햇살이었다.

북경서 온 편지

나도 한때는 신간이었다.

화려한 띠지를 두르고 독자들 눈에 가장 잘 뜨이는 진열대의 한가운데에 자리 잡았다. 언론들은 하나같이 나를 극찬했다. 뉴욕 타임스는 "펄 벅의 소설들 가운데서 가장 극적이고 잊히지 않을 스토리"라고 했고 보스턴 글로브지는 "퍼셉티브하고 매혹적인 책"이라고 추켜세웠다. 한국의 한 여대생은 밤새워 눈물을 흘리며 나를 읽고 또 읽었다.

세월이 흐르고 사람들은 천천히 나를 잊었다. 나는 매사추세츠주의 한 허름한 책방에 팔렸다. 창고건물을 책방으로 개조한 그곳엔 수 만권의 책들이 먼지를 뒤집어쓰고 있었다. 나는 3층 가장 구석진 자리, 헌책들 사이에 끼어 있었다.

2005년 10월 어느 날, 그 책방에 어머니와 딸로 보이는 두 사람이 들어왔다. 그들은 나를 찾았다. 주인은 귀찮은 듯 위쪽을 가리켰고 모녀는 층마다 서가마다 찬찬히 살피며 3층까지 올라왔다. 드디어 나를 발견했을 때 그들은 기뻐서 어쩔 줄을 몰랐다.

모녀는 연전에 사랑하는 남편과 아버지를 잃었다. 슬픔에 쌓인 어머니를 위해 딸은 뉴잉글랜드 여행을 계획하고 캘리포니아주에 사는 어머니를 동부로 초청했다. 어머니는 뉴잉글랜드 지방 여행에 앞서 버몬트주가 무대인 펄 벅의 소설 〈북경서 온 편지〉를 다시 읽어보고 싶다고 했다. 버지니아의 딸네 집을 나선 지 이틀째, 이미 절판되어 인터넷에서도 구하기가 쉽지 않던 책을 먼지가 수북이 쌓인 헌책방에서 찾았다.

공산당이 북경에 들어왔을 때, 엘리자베스는 신변에 위험을 느껴 북경을 빠져나온다. 미국인 아버지와 중국인 어머니 사이에서 태어난 남편 제럴드는 대학 총장으로 재직 중이었고 전쟁의 와중에 학교를 지키기 위해 북경에 남는다. 아들 레니를 데리고 고향 버몬트주로 돌아온 엘리자베스는 남편과 다시 만날 날을 고대하며 열정적인 편지를 주고받는다. 그러던 어느 날 제럴드의 마지막 편지가 도착한다.

나의 사랑하는 아내에게,

우선, 내가 당신에게 말하고자 하는 것을 말하기 전에 나는 당신만을 사랑한다는 말을 하고 싶소. 내가 지금 무엇을 하고 있든, 내가 사랑하는 사람은 당신뿐이라는 사실을 기억해 주오. 당신이 앞으로 다시는 내게서 편지를 못 받는다 하더라도, 나는 당신에게 매일 마음속으로 편지를 쓰고 있다는 사실을 알아주기를 바라오.

공산당의 강요로 중국 여인을 아내로 맞아들일 수밖에 없었던 일과 감시가 심해 더는 편지를 보낼 수 없다는 내용이다. 그 편지를 끝으로 제럴드로부터 소식이 끊겼다.

몇 년 후, 엘리자베스는 그 중국 여인에게서 제럴드가 탈출을 시도하다가 공산당에게 피살되었다는 슬픈 소식을 전해 듣는다. 다시 몇 달이 지나서 그녀는 제럴드의 아들이 태어났으며 아이를 잘 키우겠다는 소식을 보내왔다.

세월이 흘러 대학에 갈 나이가 된 레니는 그때 자기와 어머니와 함께 중국을 떠나지 않은 아버지를 이해할 수 없었다. 아버지는 어머니를 버린 것이라고 격한 어조로 말하는 레니에게 엘리자베스는 그때까지 책상 서랍 깊숙한 곳에 감춰두었던 남편의 마지막 편지를 꺼내 레니에게 보여준다. 내가 그를 사랑하는 한 아버지는 나를 버릴 수 없다며 엘리자베스는 레니의 말을 반박한다.

버몬트주에 들어서자 산들은 가까워지고 골짜기는 깊어졌다. 차창 밖으로 스치는 바람이 산간의 공기답게 서늘하고 부드러웠다. Quechee Gorge로 가는 길 양쪽 옆으로 단풍나무들이 붉고 노란 색의 아치를 만들며 우리 둘을 맞았다.

딸은 어머니가 자주 깊은 계곡 안쪽을 유심히 살피는 것을 보았다. 수액이 오르기 전에 과수원의 사탕단풍나무 가지를 모두 전지해야 하므로 지금쯤 엘리자베스네 농장은 눈코 뜰 새 없이 분주할 것이라고 했다. 북경의 제럴드가 보낸 편지를 갖고 오는 배달부를 맞으러 엘리자베스가 저 계곡을 걸어 내려올 시간이 되었다고도 말하는 어머니가 딸은 조금씩 염려스러워지기 시작했다.

어머니는 아직도 아버지를 보내지 못하고 있다. 매일 아침 여섯 시면 아버지는 출근 준비를 마치고 어머니를 깨워 언덕 아래에 있는 노아스 베이글 집으로 가셨다. 함께 커피를 드신 후, 아버지가 차를 타고 회사로 떠나면 어머니는 언덕길을 걸어서 집으로 돌아와야 했다. 어머니는 일찍 일어나야 하는 것을 늘 불평하면서도 아버지가 어머니의 건강을 위해서 그렇게 한다는 것을 모르지 않았다. 두 분은 금요일 저녁엔 그 주에 새로 개봉된 영화를 보았고 골프와 브리지도 함께하셨다. 골프 실력은 두 분 다 주말 골퍼 수준이었지만 브리지 실력은, 롤링힐스에서 아무도 따라올 수 없는 환상의 파트너였다. 어머니는 산책과 골프와 브리지 파트너를 한꺼번에 잃은 것이다.

아버지가 돌아가신 다음 해, 딸은 결혼해서 버지니아 주로 왔다. 어머니를 위한 뉴잉글랜드 여행 내내 어머니의 관심은 처음부터 〈북경서 온 편지〉에만 쏠려 있었다. 대학 시절 어머니는 제럴드와 엘리자베스의 아름답고 비극적인 사랑을 눈물을 흘리며 거듭 읽었다는 것도 처음 들었다.

딸은 아버지와 어머니가 생전에 이쪽으로 함께 여행하신 적이 없다는 것을 알고 있었다. 그런데도 어머니는 계곡과 골짜기에 들어설 때마다 마치 이전에 같이 온 듯 아버지의 환영을 찾고 있었다. 어머니에게 아버지는 돌아오지 못하는 제럴드였다.

메인주 바 하버에 도착해서 블루 크랩으로 유명한 '쿼터스 데크'에서 저녁을 먹었다. 노바 스코샤 방향으로의 바다는 붉게 물들어가고 있었다. 노을보다 붉은 포도주를 마시던 어머니가 불쑥 말했다.

"캐런, 제럴드가 엘리자베스를 리젝트한 것 맞지?"

책의 내용을 모르는 딸은 대답할 수 없었지만, 어머니를 지금까지 괴롭히는 속 깊은 실체를 다시 확인했다. 아빠가 그렇게 급히 떠나신 건 어머니를 리젝트한 것으로 생각하고 있었다. 어머니는 책의 184페이지 펜으로 밑줄 친 곳을 딸에게 보여주었다.

There is nothing so explosive in this world as love rejected (거절당한 사랑보다 더 격정적인 것은 이 세상에 없다).

아빠는 더는 편지를 보낼 수 없다. 그 불가능이 어머니에겐 어떤 의미로 남아 있을까.

세 번의 이별

그해의 신록은 유난히 푸르렀다.

그 봄에 나는 칙칙한 고등학교 교복을 벗고 새로 맞춰 입은 옷깃에 소원하던 대학의 배지를 달았다. 코발트 색 원피스가 나를 받쳐주었고 어깨 위로 길게 늘어뜨린 머리가 미풍에 살랑댔다. 자연도 세상도 온통 나만을 위해 존재하는 것 같았다.

설렘 가운데 첫 학기를 보내고 가을 학기가 시작되었다. 캠퍼스에 전에 못 보던 이들이 드문드문 눈에 띄었다. 군 복무를 마치고 학교로 돌아온 복학생들이었다. 그들은 교복을 입지 않았고 얼굴이 조금 나이 들어 보였다.

2학기 기말고사가 끝나던 날, 그들 중 하나가 내게 다가왔다. 대학 신문 기자라고 자신을 소개하며 신문에 실을 글을 한 편 써 달라고 했다. 희성인 그의 라스트 네임을 듣는 순간, 초면임에도 나는 웃음을 참을 수 없었다.

'그럼 이 사람은 드미(반)라는 뜻?'

내 생각을 짐작한 것일까. 그가 반격했다.

"그쪽은 샹부르(방)면서 뭘…"

그는 내 이름은 물론 신상 파악도 거의 끝내 놓고 있었다. 매주 목요일 오후 강의를 마치고 집에 오면 어김없이 그의 엽서가 도착해 있었다. "토요일 오후 두 시부터 '디세네'에 있겠습니다. 안 나오시면 문 닫을 때까지 기다리겠습니다."라는 매번 똑같은 내용이었다. 세상이 온통 내 것인 양 기고만장하던 나는 그와 사귈 생각이 조금도 없었다.

얼마 후 그는 대학신문 학생 편집장에 임명되었다. 지면에 그의 글이 자주 올라왔다. 지적이고 힘이 있는 글이었다. 무르익은 지성이 감성적인 문장과 어울려 빛이 났다. 어느새 그의 글이 실리는 신문이 발행되는 날을 손꼽아 기다리게 되었다.

데이트 신청은 번번이 거절했지만 내 글의 원고료를 그가 건네는 날에는 커피를 샀다. '르네상스'에서 리스트의 〈헝가리안 랩소디〉를 신청해 들으며 그가 〈서시〉를 읊으면 나는 뮈세의 묘비명 일부를 나직하게 읊으며 훗날 파리에 있는 뮈세의 묘지에 함께 가기로 약속했다.

"사랑하는 친구들이여, 내가 죽거든 무덤가에 한 그루 버드나무를 심어주오. 그 부드러운 낙엽들과 내가 잠든 땅 위의 가벼운 그늘을 나는 사랑할 것이오."

4·19혁명과 연이은 5·16 군사 정변의 와중에 캠퍼스는 하루도 조용한 날이 없었지만, 교정의 마로니에는 철 따라 잎이 넓어졌다가 다시 떨어져 땅에 쌓이곤 했다. 그것은 우리의 모습과 흡사했다. 울분의 사자후를 토하다가 때론 심각하게 조국의 미래를 염려하다가 급히 절망의 늪으로 가라앉아 버리는 나날이 이어졌다. 그러나 젊은 우리가 개입한다고 해서 소란한 시절이 진정될 기미는 눈곱만큼도 보이지 않았다. 젊었지만 무기력이라는 밧줄에 칭칭 묶여버린 청춘이었다.

졸업하던 해 여름 방학을 앞두고, 부산 집으로 내려가는 기차표를 예매했다. 저녁 늦게 후암동 언니 집으로 돌아왔을 때, 그가 집 앞에 서 있었다. 여름 저녁 9시 무렵의 어둑한 남산 길을 걸으며 나와 장래를 함께 하고 싶다는 그의 고백을 들었다.

그 여름에 내가 있던 부산으로 그는 여러 통의 편지를 보내왔다.

"빨리 9월이 오기를 열심히 기다리고 있소. 가을이 오고, 그리고 샹부르가 올 것이기 때문에."

9월 학기가 시작되어서 캠퍼스에서 그를 다시 만났지만 더는 전 같은 가벼운 마음으로 그를 대할 수가 없었다. 나는 졸업 후에 유학을 떠날 계획이었고 적지 않은 나이였던 그에겐 취업이며 결혼 등이 당면한 문제였다. 나의 장래에 대한 꿈과 그의 앞에 놓인 '현실'은 영원한 평행선을 그었다. 졸업을 하고 나는 미국으로 떠났다.

30여 년이 지난 어느 해 10월, 서울에서 그를 다시 만났다. 그는 모 신문사의 논설위원으로 재직하고 있었다. 앞머리가 조금 벗어진 그가 낮익은 미소를 띠며 다가와 악수를 청했다.

"종종 소식 들었습니다."

그가 한 첫 말이었다. 정중한 경어였다. 수십 년 전의 추억이 물밀듯이 밀려왔다. 세 시간 동안 우리가 나눈 대화는 친구들 소식, 신문사 이야기, 미국에서의 생활 등, 옛날처럼 친근하고 풍성한 대화로 시간 가는 줄 몰랐다. 헤어질 때 그가 숙소에 바래다주겠다고 했다. 호텔에 도착할 때까지 우리는 말을 잃었다. 차를 맡기고 그가 호텔 로비로 걸어 들어왔다. 함께 엘리베이터 쪽으로 걸어갔다. 문이 열리고 탔던 사람들이 다 내리자 그가 손을 내밀었다.

"Au Revoir, Chambre! (안녕 샹브르)"

엷은 미소를 머금은 그를 뒤로하고 엘리베이터 문이 속절없이 닫혔다.

몇 년 후 그의 부음을 들었다. 그러고 보니 우리는 세 번 헤어졌다. 첫 번은 미래에 대한 서로 다른 꿈이 우리를 갈라놓았고, 두 번째 만남은 도덕과 사회규범이 가로막았다. 그리고 세 번째, 나와 그는 지상과 천상으로 헤어졌다. 죽음을 앞두고 그가 나를 몹시 보고 싶어 했다는 소식을 친구로부터 전해 들었다.

이별이란 아무리 반복해도 조금도 익숙해지지 않는가 보다.

페르 라셰즈

파리 지하철 3번을 타고 가다가 강베타 역에 내렸다.

안개비가 희붐하게 흩뿌리고 있다. 빗기운에 젖은 역사를 나서자 이내 긴 돌담이 나타났다. 돌담 안쪽에 '페르 라셰즈' 공동묘지가 있다. 루이 14세가 자신의 상담 신부였던 라셰즈의 이름을 따서 그의 소유지를 묘지로 조성했다. 109 에이커의 넓은 땅에 30만 명 가까운 영혼이 잠들어 있는데 세계적인 작가, 화가, 음악가들이 포함되어 있다. 동시간대에 태어나 사랑하고 갈등하던 알프레드 뮈세와 쇼팽도 이곳에 누워있다.

정문으로 들어서서 넓은 대로로 곧장 따라가니 왼쪽에 알프레드 뮈세(Alfred de Musset, 1810~1845)의 무덤이 보인다. 흉상 아래에 있는 묘비에는 그의 시 〈비가(Élégie)〉의 전문이 새겨져 있다.

사랑하는 친구들이여, 내가 죽거든
무덤가에 한 그루의 버드나무를 심어 주오.
나는 그 늘어진 수양버들이 좋다오.
그 푸른빛이 감미롭고도 정겹다오.
내가 잠든 땅 위에 부드러운 그림자를 드리울 것이라오.

적막한 무덤 곁에 비에 젖은 실 버드나무 그림자가 일렁인다. 가랑비가 마치 그의 아픈 생애를 위로하듯 무덤 위로 비석 위로 뿌리고 있었다.

10여 년 전에 남편과 함께 이곳에 왔을 때는 햇빛이 반짝이던 5월이었다. 나는 문학에 대한 열정으로 들끓던 대학 시절로 되돌아가, "메 쉐르 자미 깡 쥬 무레(Mes chers amis, quand je mourrai)" 전문을 시비 앞에서 가만히 읊어 보았다. 이 시를 외울 때 나는 그때보다 더 먼 30년 전의 5월로 돌아가 있었다. 캠퍼스에서 이 시를 외우며 훗날 이곳을 함께 방문하기로 했던 사람의 눈빛이 떠올랐다. 5월의 신록이 그날따라 더욱 눈부셨다.

뮈세는 24세 때 6년 연상의 조르주 상드(George Sand, 1804~1876)를 만났다. 두 사람은 베네치아로 사랑의 도피행을 떠난다. 뮈세는 그곳에서 왕성하게 집필 활동을 하였지만, 폐결핵에 걸리고 만다. 신병과 상드와의 불화로 다음 해 뮈세는 상드를 베네치아에 홀로 남겨두고 파리로 돌아온다. 상드도 파리로 뒤따라와 재결합을 시도했지만 그들의 사랑은 파국으로 끝났다. 뮈세는 이때의 아픔을 〈회상〉이라는 유명한 시에 담았다.

보면 눈물이 흐를 것을 알면서 나는 여기에 왔다.
영원히 성스러운 장소여, 괴로움을 각오했는데도
오오, 더할 나위 없이 그립고 또한 은밀하게
회상을 자아내는 그리운 곳이여!
　　-〈회상〉의 일부

피아노의 시인이라고 불리는 쇼팽(Frederic Chopin, 1810~1849)의 무덤 앞에 왔을 때, 제법 거세진 빗줄기가 쇼팽의 석상에 미끄러지듯 흘러내렸다. 멜랑꼴링하면서도 서정적이고 사실적인 그의 피아노곡들은 시공을 넘어 세계적인 사랑을 받고 있다. 묻힌 지 150여 년이 지났지만, 그의 무덤엔 오늘도 생화가 놓여 있었다. 가까이에 있는 야트막한 지붕 아래에서 비가 그치길 기다리며 흰 천사의 발아래 조각된 쇼팽의 흉상을 바라보았다. 옆으로 얼굴을 돌린 시선이 그의 복잡한 일생을 고스란히 보여주는 것 같았다.

빗 사이로 중년 백인들로 구성된 관광객들이 나타났다. 가이드가 쇼팽의 흉상 앞에 서서 설명을 시작하자 그들은 한 사람도 예외 없이 비를 맞으며 귀를 기울였다. 잠깐 머물다 비를 피해 서둘러 떠난 다른 단체 관광객들과는 분위기가 완연히 달랐다. 궁금증이 생겨 길을 건너 그쪽으로 뛰어갔다. 세찬 빗줄기를 맞는 가이드의 표정은 비장하기까지 했다. 옆으로 다가가 어느 나라에서 왔느냐고 묻자 폴란드에서 왔다고 한다. 그래서였구나! 세찬 빗속에서 그들을 응시하고 있는 쇼팽의 옆얼굴을 나도 가만히 바라보았다.

쇼팽은 폴란드 바르샤바에서 프랑스 출신의 아버지와 폴란드인 어머니 사이에서 태어났다. 그가 파리에 머무는 동안 러시아가 폴란드를 침공하여 점령하자 쇼팽은 바르샤바로 돌아가지 않고 프랑스에 머물면서 평생 조국을 그리워하며 살았다. 그가 작곡한 200여 곡의 피아노곡 중에는 폴란드의 민속 무곡인 마즈루카와 폴로네즈의 리듬이 포함된 작품이 여러 곡이 있다. 지금도 바르샤바 방송국의 정오 시보는 쇼팽의 마즈루카 멜로디라고 한다.

조르주 상드는 뮈세와 헤어진 몇 년 후에 리스트의 소개로 쇼팽을 만났다. 함께 지중해의 마요르카섬에 머무는 동안 몸이 허약한 쇼팽은 상드의 극진한 보살핌을 받으며 〈녹턴〉, 〈레인 드롭〉 등 주옥같은 작품들을 작곡했다. 이들의 사랑은 상드 아들의 반대와 쇼팽의 건강 문제로 결별이라는 비극으로 끝났다. 상드와 헤어진 다음 해 쇼팽은 그녀를 그리워하며 더욱 심해진 폐결핵으로 세상을 떠났다.

뮈세와 쇼팽은 지금 페르 라세즈 멀지 않은 곳에 마주 보고 누워있다. 그들은 같은 해에 태어나 같은 병을 앓았고 한 여인을 사랑했다. 사랑과 파탄이 문학적 감성과 음악적 영감이 빛나는 걸작들을 낳는 경우가 많다. 그들에겐 불행이었지만 후대의 예술애호가들에게는 더없는 행복이다.

안개비 내리는 시비 앞에서 나는 한참 동안 서 있었다. 오래전에 이곳에 함께 오기로 약속했던 사람도, 10여 년 전에 여기 함께 서 있던 남편도 떠나고 없다. 짧은 첫사랑은 긴 그리움으로 남았고 남편과 보낸 30여 년에 걸친 시간은 어제인 듯 아프다.

조르주 상드는 72세에 자신의 영지인 로안에서 세상을 떠났다. 사는 날 동안 상드는 한때 열렬히 사랑했던 뮈세와 쇼팽을 때때로 생각했을까? 그것은 달콤한 회상이었을까, 아니면 견딜 수 없는 슬픔이었을까.

나는 그들의 삶과 사랑과 예술적 열정이 온몸에 스며들기를 바라는 듯 언제까지나 안개비를 맞으며 그곳에 서 있었다.

흔적 남기기

남편은 대학노트로 이십여 권이나 되는 삶의 기록을 남겼다. 나는 몇 년이 지나도록 그것을 읽지 않고 있다. 어쩌면 끝내 읽지 못할 수도 있다. 읽을 용기가 없어서다. 그에게서 어떤 해명이나 변명의 말도 들을 수 없게 된 지금 내 마음에 작은 상처가 될 내용이라도 적혀 있을까 두려운 것이다.

《로스앤젤레스 타임스》의 인기 칼럼 〈Dear Abby〉에서 읽은 글이다. 어느 시어머니가 세상을 떠났다. 며느리가 고인의 유품을 정리하다가 옷장 깊숙한 곳에서 상자 하나를 발견했다. 이것을 열어보고 며느리는 큰 충격을 받았다. 그 상자 안에는 며느리가 평생 시어머니에게 보낸 선물과 편지, 생일 축하 카드 등이 하나도 개봉되지 않은 채 쌓여 있었다. 정확한 의도는 알 길이 없지만, 시어머니는 며느리에게 그렇게 미움의 흔적을 남겼다.

개인의 흔적은 일생이라는 이름으로, 국가나 인류의 흔적은 역사라는 이름으로 남는다. 그 가운데는 길이 남기고 싶은 훌륭한 흔적도 있고, 두 번 다시 되풀이되어서는 안 될 수치스러운 자취도 있다. 이런 남기고 싶지 않은 흔적을 가진 개인이나 국가는, 그것을 혹 감추거나 지워버리기 위해 모든 수단을 동원해 보지만 항상 성공할 수는 없다.

몇 년 전에 한국 사회를 떠들썩하게 했던 가짜 학위 소동은, 어쩌면 한 큐레이터의 몰락으로 끝날 수도 있는 사건이었다. 그러나 '인터넷은 죽지 않는다. 다만 숨어 있을 뿐이다.'라는 유행어까지 만들어 낸 이 사건은, 서로의 이메일에 남긴 당사자들의 밀어의 흔적들이 움직일 수 없는 증거가 되어서 여러 사람의 파멸을 몰고 왔다.

그런가 하면 역사에는 국가적인 재난으로 인해 개인이 받은 고난이나 상처를 보듬고 그 치유에 지혜를 모았던 일도 있다. 조선조 인조 때에, 청나라의 침략으로 시작된 정유재란이 끝나자 포로로 끌려갔던 사람들이 조선으로 돌아오기 시작했다. 그중에는 많은 부녀자가 포함되어 있었는데, 이들의 순결이 사회적으로 문제가 되었다. 이에 인조는 한양 북쪽에 큰 목욕탕을 지어놓고 거기서 몸을 씻고 성안으로 들어오는 귀환 포로는 모두 깨끗하니 문제 삼지 말라는 명을 내렸다 한다. 인조는 민생도 외교도 모두 실패한 왕이었지만 흔적 지우기에는 말 그대로 왕도를 갖고 있었던 셈이다.

사람은 가도 그가 남긴 글이나 훌륭한 작품은 영원히 남는다. 예술가들은 누구나 예외 없이 후세에 길이 남을 작품을 남기기를 원한다. 과학자는 인류에 이바지할 위대한 문명의 이기를 발명하기를 꿈꾼다. 국가는 자국의 영토를 확장한다거나 민주주의 같은 좋은 제도를 세우려고 또 노력한다. 그러나 좋은 흔적이란 반드시 이런 위대한 업적이나 훌륭한 걸작품만을 말하는 것은 아니다. 모든 사람이 페니실린을 발명한다거나 〈안나 카레리나〉 같은 불후의 명작을 남길 수는 없다. 평범한 일생을 살다 가는 대부분의 사람들에게 그런 일은 불가능할 뿐만 아니라, 우리네 잔잔한 일상의 흔적들도 그런대로 이어지고 또 후세에 남길 만한 이유와 가치가 있는 것이다.

유형의 흔적이거나 무형의 그림자거나, 비범하거나 평범하거나 간에 사람들은 뒤에 남은 사람들에게 무언가 흔적을 남기고 간다. 그것은 평소의 생활이나 일기로도 남고 생전의 그에 관한 타인의 기록이나, 비문이나 요즘은 인터넷에도 남는다.

아름다운 세상 소풍 끝내는 날, 나는 이 아름다운 세상에 아름다운 흔적을 남기고 떠나고 싶다. 내 삶이 고스란히 담긴 책을 남겼으면 한다. 자랑스러웠던 일들을 기록한 자서전이 아니고 나의 평생의 사랑과 삶이 배어 있는, 진실이 묻어나는 그런 글을 말이다.

찰스 램의 "도시와 시골의 모든 소리를 포함한 인생의 소리 중에서 문 두드리는 소리보다 더 듣기 좋은 것은 없다."라고 할 때의 그런 느낌의 소리로 기억되고 싶다. 내 자손들이 큰 잔치를 치를 때마다 반드시 펴보는 레시피(recipe) 책 한 권쯤도 써 두고 갔으면 한다.

마음에 상처로 남는 기억이 아닌, 따뜻하고 좋은 자취를 남기고 싶다. 이러한 자취들을 하루아침에 만드는 것은 불가능한 일이다. 인생의 끝 무렵에 다다라서 급조할 수 있는 일은 더더욱 아니리라. 그 일은 오늘의 삶의 뜰에서 쌓아야 한다. 지금 있는 이 자리에서 매 순간, 하루하루 날줄과 씨줄로 엮어가야 하리라. 한 땀 또 한 땀 정성 들여 수놓아야 할 인생의 대명제다. 그렇게 순간순간 남은 삶의 궤적을 그려가고 싶다.

6 : 영역 작품

The Time to Speak and the Time to be Silent

On January 13, 1898, with the 20th century just around the corner, Émile Zola, a French writer, published an open letter titled 'J'accuse…!' (I Accuse) in the Parisian newspaper L'Aurore. This letter, presented as an open appeal to the President, created immediate and profound shockwaves throughout French society and Europe.

At this time, following the loss of the Alsace-Lorraine region to Germany after the defeat in the Franco-Prussian War, hostility towards Germany in French society was at its peak. Alfred Dreyfus, a Jewish Army Captain from Alsace, was falsely accused of spying for Germany due to frequent visits to his homeland and was subjected to a military court. In 1894, he was unjustly convicted, stripped of his military rank, and exiled for life to Devil's Island in French Guiana—a travesty of justice orchestrated by the French Ministry of Defense, the judiciary, and the Roman Catholic Church.

In 'J'accuse⋯!', Zola declared, "It is my duty to speak", and through eloquent prose and sharp critique, he highlighted Dreyfus's innocence and the injustices in the trial process, exhibiting the enlightened and courageous intellect of a conscientious intellectual. Despite the defense from progressive writers like Claude Monet and Anatole France, Zola was stripped of his Légion d'honneur and sentenced to a year in prison and a fine of 3,000 francs, which led him to seek asylum in England.

Initially, Zola intended to publish 'J'accuse⋯!' in a more prestigious daily but was rejected, leading to its appearance in the then-unknown L'Aurore. On the day of publication, L'Aurore's circulation skyrocketed from 30,000 to 300,000 copies. The newspaper's publisher, Clemenceau, who gained fame through Zola's article, eventually entered politics and rose to become the Prime Minister of France. Zola was posthumously exonerated in 1908, and his remains were laid to rest in the Panthéon in Paris alongside those of Victor Hugo and Voltaire. His previously revoked Légion d'honneur was also restored.

The phrase, "Even a traitor who led the German Emperor to Notre-Dame Cathedral and opened the gates would not have been tried so secretly", illustrates Zola's critique of the unfairness in Dreyfus's trial. Despite tackling sensitive social issues, political and legal corruption, this 80-page document stands out for its literary brilliance, worthy of a great writer.

During the madness of the French Third Republic, marked by rampant nationalism and anti-Semitism, this affair, which stirred the societal whirlwind of left-right confrontation for 12 years, ultimately concluded with Dreyfus's acquittal. This case gave rise to an intellectual tradition in French society, encapsulating the notion that "a conscience that does not act is no conscience at all." This sentiment is echoed in Sartre's later assertion, "An intellectual is someone who must intervene in matters that do not personally benefit him at all."

When we examine the Korean idiom "이목구비(耳目口鼻)" (ears, eyes, mouth, and nose), we notice that while the characters for ears, eyes, and nose all have horizontal bars, the character for mouth(口) is wide open. This suggests that the mouth, responsible for speaking, should be more open than the ears, eyes, and nose, thus bearing a heavier responsibility.

A new 365 days, too short for action and speech, is quietly upon us.

Genuine Consideration

At the Academy Awards ceremony last April, a nominee for Best Actor, Will Smith, was seated with his wife. The host, Chris Rock, made a joke about Smith's wife, who had shaved her head due to alopecia, saying he was looking forward to "G.I. Jane 2." In a moment of anger, Smith rushed onto the stage and slapped Rock.

No news of Rock apologizing to Smith surfaced, and public opinion turned against Smith. The general consensus was that the instigator should bear the primary responsibility. As time passed, the sting of verbal attacks seemed to fade, and criticism increasingly weighed against the one who had resorted to physical violence. This shift in sentiment made it difficult for me to understand America, often referred to as a haven for people with disabilities.

I spent the latter part of my elementary school years in a small city in the southern provinces, where the Nakdong River gently winds before flowing into the ocean. The Armistice Agreement had been signed and the sounds of battle ceased, but the air remained thick with gunpowder. We spent our days happily playing in the water, collecting tadpole shrimps until sunset. News of the capital's restoration to Seoul seemed distant, but that didn't matter to us as our days were filled with joy. Yet even in our carefree existence, there was something we had to keep in mind at school.

Back then, it was common for a class to have at least one student with a disability. In our class, there were two girls with disabilities. One had a significantly bent leg, which made walking difficult, and the other had an eye that didn't look normal. If we teased these children, the boys would be hit three times with a stick by the teacher, and the girls' palms would be struck hard enough to bring tears to their eyes.

Even feigning consideration for people with disabilities was not easy for us in our early teens. Deep down, we already viewed people with disabilities as flawed. Families with a child to marry off would hastily hide any siblings with disabilities, strictly enforcing silence among family members. To us, they were merely a source of shame for the family and an object of ridicule for the neighborhood. Yet, even in a makeshift school with straw mats instead of desks, the teacher's discipline and consideration for students with disabilities were extremely strict.

Gradually, we began to mimic our teacher's feigned consideration for students with disabilities. If anyone mocked a student with a disability, we would collectively condemn the perpetrator and the whole class would stand up for the student. As this collective hypocrisy silently grew, a problem arose in our class. A fight broke out between the two students with disabilities. One had mocked the other's eye, and the other had ridiculed the one's leg.

The school was in an uproar, and no one, including the teacher, could determine who started it. Both students were absent for over a week, and only their parents alternated visits to the school.

The class was thrown into panic. We were confused about which side to take, and our immature hypocrisy lost its direction. After several tumultuous days, the truth finally came out. It was unclear who had spoken harshly first, but it was clear who had resorted to violence. The student with the eye condition had pushed the student with the leg condition first, causing them to fall. At last, we were able to choose sides and felt relieved that there was a clear target for blame.

Thinking about the Academy's decision to ban Will Smith from attending the ceremony for ten years, I was reminded of our past. We, too, had been quick to forget the sharpness of verbal attacks and had cast a harsh eye on the one who wielded the 'sword'. I remember the student who had left school because of our collective criticism.

Disability poses a significant challenge, not merely

because of the physical inconveniences it brings, but more so due to the discrimination that comes with it. It is often said that individuals are not disabled by their impairments, but by the discrimination they face as a result of those impairments. It is my belief that real progress in addressing the issues faced by individuals with disabilities can only be made when the prejudices and perceptions of non-disabled people change.

Rebellion of the Eighth-Graders

The Potomac River originates in the Appalachian Mountains and meanders around Washington DC before it merges into the Chesapeake Bay along the Atlantic coast, stretching a length of 665 kilometers. Its banks are lined with charming cafes and quaint restaurants, but above all, it's the spectacle of cherry blossoms clustering along the riverbanks in spring that truly captivates. Among these trees, the pink double-blossomed cherry trees bloom like wisps of clouds, unfurling a fantastical palette of hues against DC's azure April skies.

Starting from early April, various media outlets in Washington DC begin to predict and announce the "peak bloom date" of the cherry blossoms, whipping up the atmosphere. Although the cherry blossoms usually start blooming in late March and can last almost until early May, with their peak hardly deviating from mid-April, people insist on visiting precisely during the congested peak bloom.

I was no exception. It had become a ritual to visit my daughter's home in a small northern Virginia town around that time each year, with a trip to the Potomac River always on the itinerary, contributing to the peak bloom day commotion.

That year, too, I awaited April's arrival and headed to DC. My daughter and her children were waiting at the exit of Dulles Airport. Four-year-old David ran into my arms for a hug, while two-year-old Elise, seated unwaveringly in her stroller, eyed me cautiously. To her, a grandmother was someone whose nearby Maryland home she frequently visited, yet here was another "Grandma." While David and I shared a warm reunion, Elise observed without flinching, begrudgingly leaning in only slightly when I approached her stroller.

The in-laws adored their grandchildren. Every weekend, they invited their son's family over to spend time together. I remember the day David first learned to ride a bicycle; fearing he might get hurt, his Grandpa spent nearly two hours sweating profusely as he followed the tireless child. While David was sweet and quick at everything, Elise, in contrast, was slow to speak and preferred to quietly observe her surroundings. My daughter was concerned about this, but I suspected that Elise's calm demeanor indicated a swifter grasp of things.

One day in the fall of that year, I called my daughter's house, and Elise picked up the phone. Upon hearing my voice, she stated to my daughter that it's "Grandma". My daughter asked, without much expectation, "Which Grandma?" Remarkably, Elise responded, "The one you love." She had keenly discerned the invisible difference between the Maryland grandmother, whom her mother politely greeted with "Hello, Mother," and the California grandmother, who was casually greeted with "Hi, Mom."

Eventually, I reached the formidable summit of my eighties, not so much by choice but by the current of time, and found little sentiment in it. But it was here that my compliant body began its rebellion. First, the window frames, weathered by years of storms, started to shake. I underwent cataract and ptosis surgeries. Teeth that had endured a long time began to weaken, necessitating monthly dental visits. Everytime my daughter accompanied me to the visits. I thought I could still drive and communicate with the Caucasian medical staff without much trouble, but I realized they were kinder and explained my symptoms more thoroughly when my daughter was present. After living in Virginia post-marriage, she had recently moved to California. Soon, my medical appointments were scheduled around her calendar, and she found herself accompanying me to the hospital and doctors' offices more frequently.

Meanwhile, another formidable rebellion was brewing in my daughter's household. Elise, now in the eighth grade, had changed. The once docile girl started going straight into her room after school, avoiding any interaction. Despite adapting smoothly to her new school life in California after parting ways with her Virginia friends, she now responded sullenly with "No" to all parental inquiries and refused to go anywhere with her parents. My daughter tried harder to engage Elise in conversations, but her reactions remained cold and distant. The family tiptoed around, all sensitive to Elise's moods. My son-in-law had to ask for permission just to gingerly touch his daughter's cheek.

My daughter's lengthy laments filled our evenings. Deeply hurt by Elise's rejection of hugs and kisses, I comforted her with the "Law of Conservation of Mass." Just as the French chemist Antoine Lavoisier (1743-1794) posited that the mass of a closed system remains constant regardless of the changes within it, I proposed the "Law of Conservation of Parental Rebellion (GR)." If rebellion starts early, it ends early. And if a child's early years pass without much trouble, they are bound to rebel with a set intensity, perhaps more fiercely, later in life.

With the challenge of managing her octogenarian mother's medical care and her daughter's rebellious phase, my daughter was having a tough time through menopause. Then came the news that her daughter had started menstruating. Beyond the closing door, another gateway to womanhood was opening. As one room fades into the twilight, the sky reveals yet another new beginning.

Waiting for Herd Immunity

In 2021, my first corona virus vaccine dose was postponed by two days due to fierce winds in California. My daughter, who had struggled to secure an appointment for January 19th, showed a hint of anxiety over this minor delay. Comforting her, I couldn't help but wear a wry smile. This two-day shift meant I would be receiving my vaccine under a new president, not the outgoing one.

In his first week in office, President Biden stopped by a bagel shop near the White House after church and bought a bagel sandwich himself=it was a heartwarming piece of news. During his vice presidency, Biden, along with President Obama at the time, frequented Ray's Hell

Burger (now closed) near the White House, where they would pay for their burgers and drinks. I marvel at how American citizens could confidently charge the sitting president and vice president for a hamburger. I envy them.

Around 40 years ago, my husband and I were studying in a small town in the Midwest. One weekend morning, we received a call from my school. There was a Korean tourist, a politician, who needed a guide, and they asked us if we could assist. We spent the entire day driving our modest car through the tourist attractions from Sandia Mountain to Taos.

However, something unexpected occurred=at every establishment and restaurant we visited, the politician did not pay, nor did his secretary. Since we had no relations with them and we were only helping them out as guides, we assumed they will settle the expenses later. But when they left, they saddled us, poor international students, with the bill for meals and various entrance fees, handing us a business card with a well-known governor's title printed on it with a satisfied look.

In America, it's not big news for a president or vice president to dine like ordinary citizens, paying with their own money. President Biden, more than any previous president, exhibits this common touch. There's no doubt in my mind that it's a stroke of luck to be vaccinated under such a president.

My second vaccine appointment, scheduled four weeks later, was postponed again—this time due to a cold snap sweeping across the nation, delaying the domestic delivery of vaccines. Teasing my impatient children, I joked that there was no president left to swap out to match our vaccination day.

When I finally got my second dose after much ado, the children wanted a small celebration, but I declined. I felt guilty that I, with fewer years ahead, had received the precious vaccine before these young ones whose turn was still far off. After getting the long-awaited vaccine, there wasn't much else to do or anyone to meet. Most of my friends and relatives are younger than me—and not having gotten the vaccine yet, hardly anyone had set foot in the safe haven of a COVID-free zone.

I recall a massive fire incident in Orange County many years ago. Amid dozens of houses burned to the ground, only one remained unscathed. It was because the owner had reinforced both the interior and exterior with special insulation.

Whether he rebuilt his house or continued to live there, I doubt he spent his days in happiness amidst the charred remains resembling a war zone. I earnestly hope for herd immunity to be achieved soon.

The Excuse of the Dragon's Head and Snake's Tail

On the slopes of Sujeongsan, where the Dado Sea hazily stretched into the distance, sat our school, perched rather high. In a second-year classroom there, we were all wracking our brains over some trajectory or another during geometry class. It was nobody's favorite subject, but since it was taught by our homeroom teacher, we couldn't just lay our heads on the desks and doze off. Outside the window that July, with summer vacation looming near, the midday heat rose in waves.

The class president, who had already finished solving all the problems early and pitied the rest of us struggling, broke the silence and said, "Teacher, please do some 'Yukgap' (fortune-telling)." The president was a math genius and the teacher's favorite student, but 'Yukgap' to the teacher! I wondered if this would pass without incident. But the teacher turned around and started writing a long sentence in Chinese characters on the blackboard:

'자(Jiazi/Rat) 축(Yin/Ox) 인(Mao/Tiger) 묘(Chen/Rabbit) 진(Si/Dragon) 사(Shen/Snake) 오(Wu/Horse) 미(Wei/Goat) 신(Shen/Monkey) 유(You/Rooster) 술(Xu/Dog) 해(Hai/Pig)' and '갑(Gap/First heavenly stem) 을(Eul/Second heavenly stem) 병(Byeong/Third heavenly stem) 정(Jeong/Fourth heavenly stem) 무(Mu/Fifth heavenly stem) 기(Gi/Sixth heavenly stem) 경(Gyeong/Seventh heavenly stem) 신(Sin/Eighth heavenly stem) 임(Im/Ninth heavenly stem) 계(Gye/Tenth heavenly stem)'

After he was done writing, the teacher began to explain. It was a description I had never heard before, and characters I had never seen. It was shocking to discover such a profound world that I had been unaware of.

As soon as I got home, I asked my mother what my zodiac animal was and was shocked for the second time that day. A snake, a creature repulsive even in pictures, was my zodiac animal. I threw a tantrum, begging my mother to change it. She said that it had already been determined at birth and couldn't be changed, and that nobody cared about such things anymore, so I should just forget it. Since then, I avoided topics related to the zodiac and feigned ignorance. I thought the issue of the zodiac, which should have had nothing to do with my life, wouldn't be important. But it reared its head at a crucial moment.

After we got engaged, my fiancé and I had sent our personal information to both families in Seoul, but his family responded that they could not approve the marriage. They said our zodiac signs were incompatible and, moreover, that being born in winter and being a snake, which hibernates, was unfavorable. To think that they would object to a healthy South Korean woman's marriage with outdated beliefs about compatibility! Naturally, our plan to get married during the summer vacation was postponed.

School started again, and during those anxious days,

good news finally arrived. My future in-laws had finally given their blessing to our marriage. The news was that I had become a dragon, making me very compatible with my husband. According to the lunar calendar, my birthday made me a dragon by a difference of two or three days. When my mother was expecting me, she ate everything that was said to be good for her body in the hope of having a dragon son, and she even invoked her dream, which was of uncertain truth, about a dragon ascending to heaven with a magical pearl in its mouth. Our wedding proceeded swiftly.

My husband teased me, saying I was a "Yongdusami" (Dragon's Head and Snake's Tail) who narrowly avoided becoming a lesser dragon and ascended by a stroke of luck. Perhaps because of that, my life resembled a Yongdusami. I have never fully utilized a gym membership, gave up learning to swim, and quit playing tennis after making a fuss in the early mornings. I dropped out of piano and Latin lessons as well. However, I did continue golf until I had a handicap of 14, and I never dropped out of school or let my marriage fall apart, so perhaps that's some consolation.

In the cycle of the twelve zodiac animals, I have a special connection with the year of the dog. The four people I love most, my mother, my daughter, and my two grandsons, are all born in the year of the dog. My mother was born in 1910 (Gyeongsul Year), and 60 years later, in the next Gyeongsul Year (1970), my daughter was born. Another 36 years passed, and in 2006 (Byeongsul Year), my two grandsons were born, making a great commotion. My grandson was born on October 14th, but my other grandson, whose due date was still three months away, was born just fourteen days later on October 28th. I was building a leisurely relationship with my first grandson in LA when I heard the news of my daughter's premature delivery and hurriedly flew to Virginia.

The second grandson, born at 3 pounds, was encased in an incubator with several lifelines attached. Used to the healthy weight of my first grandson, my arms felt unbearably heavy even when empty. Leaving the NICU each evening, the indifferent Virginian maple leaves grew more beautifully red day by day.

By Christmas that year, my grandson had braved the leaf-strewn paths to come home. Over the winter and spring, he grew remarkably, flipping over, lifting his head, crawling, and finally standing on his own two feet.

Eager to join the dog sign ranks, he is now best friends with his cousin, born just two weeks earlier. In ninth grade, they're both tall and athletic, easily swimming back and forth across our community pool half the size of an Olympic one. Initially frowned upon by others when they frolicked, the white folks now smile broadly after seeing the boys' impressive crawl strokes, sending me friendly glances. Though I contributed nothing to their swimming lessons or time invested, I've somehow grown to enjoy their approving looks.

The sky I once aspired to pierce seems now far out of reach. The vigor and spirit to ascend are gone. Surrounded by my faithful dog sign companions, I live on as a dragon's head and serpent's tail. The one thing I haven't let go of is writing.

Through writing, I gather faded memories and infuse them with new colors. I rekindle my dulled senses and mine the drying wells of thought. Imagining new stories, I meander along the banks of my life each day.

The Season of Soccer

The leaves on the streets, having just transitioned from fresh lime to a deeper green, engage in a light-hearted dance with the gentle breezes of May.

Early in the morning, I visited McDonald's to purchase breakfast for five and headed to my daughter's home. Today's plan was to watch the English Premier League match between Tottenham and Norwich while enjoying breakfast together. Even my pajama-clad grandchildren were lured downstairs in front of the TV with the promise of a morning feast.

Today marks the finale of the Premier League 2021-2022 season. Tottenham's Son Heung min is in contention for the season's top scorer, with 21 goals to his name, trailing Liverpool's Salah by just one. Both players have one game remaining. News has come through that Salah is injured, and if he misses today's match, Son only needs one goal to share the Golden Boot, or two to claim it outright.

At 8 o'clock sharp, the Tottenham-Norwich game commenced. Shortly after, unwelcome news arrived. Despite his injury, Salah started in the match against Wolverhampton. Clearly, they were mindful of Son's 21 goals. Salah must not score today⋯ The descendant of the Pharaohs is no easy opponent; my heart flutters with anxiety.

In the 70th minute, Son took flight. A Norwich defender's blunder was seized by Moura, who with a magnificent turn, set Son up, and he drove the ball straight into the net, past the goalkeeper. The net billowed. 22 goals—he now stands shoulder to shoulder with Salah. But the drama didn't end there. Five minutes later, from 25 yards out, Son curled a right-footed shot that dreamily found the back of the net. Goal number 23, crafted in the blink of an eye. The title of top scorer was tantalizingly close, but then came the news of Salah's 23rd goal, sending a shiver down my spine.

Son ended the game with 23 goals, but Liverpool's match, which started later, still had 4 minutes left. Those 4 agonizing minutes were spent fluctuating between heaven and hell, praying to every ancestral spirit I could think of, and even beseeching Salah's Allah to be lenient just for today. Those eternal 4 minutes passed, and without any additional goals from Salah, the match ended. Son Heung-min, now the joint Golden Boot winner, cradled the golden shoes in his arms and returned to South Korea that night for a national A-match, his smile as refreshing as his trophy. Nice one, Sonny!

In my youth, my uncle was a national baseball pitcher. My father, particularly fond of his youngest brother, would lead the whole family to Dongdaemun Stadium to cheer him on during his games. Win or lose, we'd always end up in a backstreet of Jangchung-dong, relishing bowls of buckwheat noodles. I've never forgotten that taste, and a few years ago, I even sought out that noodle shop on a trip home but to no avail. After settling in LA, I became a Dodgers fan, but gradually I've found soccer warming my heart more than baseball ever did.

Both games revolve around a sphere, but while the soccer ball feels imbued with good will, the baseball seems to harbor hostility. The baseball pitcher steps onto the mound, hoping his throw won't be hit, looking to strike the batter out or have him hit a foul ball. Once the batter does hit and reaches the field, he embarks on a perilous journey, beset by obstacles at second and third bases, and finally home plate. It's a solitary, tedious battle until he scores. Soccer, in contrast, is a symphony of coordination and unity, from the defenders to the forwards. It's a field of relentless companionship, everyone working in concert towards the goal, a celebration of teamwork that always sets my heart racing.

The World Cup is fast approaching, and for the first time in November, to avoid Qatar's summer heat. After the sultriness and bustle of summer, there's a serene anticipation for this autumnal tournament. South Korea is set to face Ghana, Portugal, and Uruguay. Our Son and Uruguay's Bentancur of Tottenham will confront each other on the world stage, representing their respective nations. The thought of these close friends and teammates turning into rivals excites me.

All the Korean players abroad are in my prayers, hoping they join the national team without injuries for a commendable World Cup performance. But recently, my worst fears were realized when Son was badly injured in a Champions League match against Marseille.

I send a fervent prayer across the distant eastern skies, wishing for his speedy recovery. "Fret not, for the Lord shall keep thee. In times of danger, the Lord shall be thy safeguard."

Atop the Tower of Babel

As winter, a season shadowed by the coronavirus, cautiously approaches, life seems disheveled and yet the universe maintains its orderly course. Just a few days ago, an event of linguistic importance unfolded.

My grandson, David, who had been raised entirely in an English-speaking environment, approached his mother and declared in Korean, "I am Youngmin Kim." Youngmin is his Korean name, and for a child who had only spoken English, this was a milestone as significant as his first words.

Upon hearing this, I eagerly rushed to my daughter's house. There, I sat across from my grandson, who was snacking at the kitchen table, and attempted a conversation in Korean, saying, "I am Grandma." At this, he seemed flustered and exclaimed "Oh my God!" before abandoning his snack and running to his room upstairs. It appeared that our adult reactions were overwhelming for him, having just practiced his first Korean sentence. I sympathize with the long journey he has ahead with the Korean language.

My sister, who unfortunately had to cease driving after causing an accident at the age of 70, often calls on me to serve as her chauffeur. I accompany her on seasonal visits to the persimmon orchard, jujube farms, and sometimes help her friends with hospital trips. Those accustomed to getting a ride from my sister probably expected her daughter-in-law or daughter to show up, and they often seem surprised and apologetic to see an elderly sister behind the wheel.

One day, I served as both chauffeur and interpreter for my sister, who had scheduled an appointment with an American doctor, as she found Korean heart specialists to be 'unfriendly.' After an ECG and various checks, the doctor stated there was nothing wrong with her heart. He suggested she visit the hospital for another check up and some additional tests, but if those also showed no issues, then to "leave it alone." Despite her heart being declared healthy, my sister left the office visibly disheartened.

"Shouldn't they tell me to remarry if my heart is that strong, rather than to live alone?" she quipped. She had misinterpreted "leave it alone" as "live alone." I struggled to contain my laughter.

Throughout my life, I have grappled with the complexities of languages: French, my major, English, the everyday language in America, and Korean, our mother tongue. Despite its celebrated beauty, French is as delicate and complex as the care it receives. My major in French was of little help in understanding English. The two languages are as different from each other as the English Channel between Britain and France, and as distinct as the North Sea and the Atlantic Ocean they separate.

French has gender distinctions for nouns, and the

form of adjectives changes depending on whether a noun is singular or plural. The verb conjugation is complex, changing according to gender, person, and number. Tenses are not limited to just present, past, and future; there are several forms within the past depending on when an event occurred or its duration, such as the compound past, the imperfect, and the pluperfect. Even within the future, there are distinctions like the simple future and the anterior future, based on the sequence or certainty of an event.

Writing in Korean, a language whose grammar and spacing I have nearly forgotten while living abroad, is no easy task. Our Korean orthography, which changes frequently, is as complex and hard to get used to as the instruction manual for assembling complicated appliances.

It is said that in the beginning, there was only one language in the universe. When humans tried to reach heaven by building the Tower of Babel, God, in anger, scattered the language of the universe.

Lost among three languages, I sometimes wonder if I

am a descendant of those who worked at the very top of the Tower of Babel and incurred God's wrath. Although, considering the peculiar fear of heights in my DNA, that possibility seems slim.

The Last Lesson

The Alsace and Lorraine regions, located on the border between Germany and France, have long been a source of conflict between the two countries.

These regions, which had been German territories for several centuries, became French land after the 'Thirty Years War' but were then seized by Germany following their victory in the 'Franco-Prussian War'. After World War I, they once again became French territories, and from 1941 to 1944, they were occupied by Hitler's Germany, remaining French territories after World War II.

For France, this region holds one of the few important coal deposits within the country, and Germany, considering the Rhine River basin as its lifeline, sought to secure this area extensively.

The 'Franco-Prussian War' was a conflict that unified Germany after years of fragmentation, allowing it to avenge the humiliations it had suffered at the hands of France. In this war, Napoleon III was taken prisoner by Germany, and the victor, Wilhelm I, humiliated France by signing the 'Treaty of Frankfurt' not on his own soil but in the heart of enemy territory, at the Palace of Versailles.

"The Last Lesson" is a short story written by French author Alphonse Daudet during this period. Franz, an Alsace boy, is a rascal who prefers wandering in search of bird nests and sliding in the river to studying. That day, Franz was late for school, and while it would usually be noisy enough to hear from the streets when classes were about to start, that day was as quiet as a Sunday, and the whole school was enveloped in an inexplicable tension.

On noon that day, a decree from Berlin prohibited the teaching of French in the Alsace and Lorraine regions. Franz, a carefree child who had been oblivious even to the sounds of the occupying Prussian soldiers training at the sawmill behind the penal institution, realized it was the last lesson in French and deeply regretted his past indolence.

In his writing, Daudet, speaking through the character of Monsieur Hamel, declares, "French is the most beautiful and expressive language in the world. It must be preserved and not forgotten. Even if a nation becomes another's colony, as long as they maintain their language, it is as if they hold the keys to the prison in their hands." During an era when anti-German sentiment in French society was at its peak, this masterpiece beautifully reflects his patriotism, pride, and affection for his native tongue.

This work also brings to mind an episode from Marie Curie's childhood in Russian-occupied Poland. In a school where teaching Polish culture and language was prohibited, a Russian inspector made an unannounced visit one day. The Polish teacher pointed to Marie, an outstanding cadet, who, suppressing her humiliation, recited the genealogy of the Russian Tsar as the inspector wanted.

Daudet wrote several short stories filled with poetic

sentiment, including "The Last Lesson" and "The Stars." His works are imbued with a warm perspective on humanity and lyricism, characterized by a concise style and excellent psychological depiction.

Although he belonged to the Naturalist group along with his close friend Emile Zola and shared a strong sense of patriotism and national consciousness, Daudet, with his delicate poetic nature and sensitive sensibility, wrote "The Last Lesson" in contrast to Zola's "I Accuse."

As the bell announcing noon rang, Monsieur Hamel turned and wrote in large letters on the blackboard:

'VIVE LA FRANCE' (Long Live France)

Then, leaning his head against the wall and gesturing with his hand, he said, "It's all over. You may go home." The title, along with the overall theme of the text, encapsulates the essence of the work.

그
린
힐

언
덕

위
에

박유니스 수필집

Essays by Eunice Park

그린 힐 언덕 위에

Over the Green Hills